O TESOURO DA
CASA VELHA

Obras de Cora Coralina

Adultas

Cora Coragem, Cora Poesia*

Doceira e Poeta

Estórias da Casa Velha da Ponte

Melhores Poemas Cora Coralina

Meu Livro de Cordel

O Tesouro da Casa Velha

Poemas dos Becos de Goiás e Estórias Mais

Villa Boa de Goyaz

Vintém de Cobre – Meias Confissões de Aninha

Infantis

A Menina, o Cofrinho e a Vovó

A Moeda de Ouro que um Pato Engoliu

As Cocadas

Contas de Dividir e Trinta e Seis Bolos

O Prato Azul-Pombinho

Os Meninos Verdes

Poema do Milho

De Medos e Assombrações

Lembranças de Aninha**

* (Biografia de Cora Coralina escrita por sua filha Vicência Brêtas Tahan)
** Prelo

Cora Coralina

O TESOURO
DA CASA VELHA

© Vicência Brêtas Tahan, 1996
6ª Edição, Global Editora, São Paulo 2014
1ª Reimpressão, 2021

Jefferson L. Alves – diretor editorial
Flávio Samuel – gerente de produção
Rosalina Siqueira – assistente editorial
Gisleine de C. Samuel e Rosalina Siqueira – revisão de texto
Mauricio Negro e Eduardo Okuno – capa
Antonio Silvio Lopes – editoração eletrônica

Obra atualizada conforme o
NOVO ACORDO ORTOGRÁFICO DA LÍNGUA PORTUGUESA

Dados Internacionais de Catalogação na Publicação (CIP)
(Câmara Brasileira do Livro, SP, Brasil)

Coralina, Cora, 1889-1985.
  O tesouro da casa velha / Cora Coralina. – 6. ed. – (Seleção Dalila Teles Veras). São Paulo : Global, 2014 (obras de Cora Coralina).

  ISBN 978-85-260-2143-3

  1. Contos brasileiros. I. Veras, Dalila Teles. II. Título.

89-1458   CDD-869.935

Índice para catálogo sistemático:

  1. Contos : Século 20 : Literatura brasileira 869.935
  2. Século 20 : Contos : Literatura brasileira 869.935

Direitos Reservados

global editora e distribuidora ltda.
Rua Pirapitingui, 111 – Liberdade
CEP 01508-020 – São Paulo – SP
Tel.: (11) 3277-7999
e-mail: global@globaleditora.com.br
www.globaleditora.com.br

(g) globaleditora.com.br   (y) /globaleditora
(●) blog.globaleditora.com.br   (◎) /globaleditora
(▶) /globaleditora   (in) /globaleditora
(f) /globaleditora

Colabore com a produção científica e cultural.
Proibida a reprodução total ou parcial desta obra sem a autorização do editor.

Nº de Catálogo: **1836**

Uma Voz que Ficou

Já em seu *Poemas dos Becos de Goiás e Estórias Mais*, precavida e antecipando-se a uma possível crítica, Cora dizia, apresentando a obra: "Versos... não. Poesia... não! Um modo diferente de contar velhas estórias".

Apesar de ter começado a escrever na primeira década do século 20, quando a literatura brasileira pendia entre o rigor da arte pela arte do parnasianismo e a modernidade dos simbolistas, também eles presos a determinado formalismo, Cora jamais conseguiu aprisionar suas ideias poéticas dentro de normas acadêmicas, confessando que só conseguiu fazer poesia após a Semana de 22, quando a poesia se "libertou das amarras da rima e da métrica".

Essencialmente poeta, uma vez que a poesia não se dá apenas na forma de versos, Cora revela-se, contudo, ao longo de todo o seu percurso literário, uma insuperável contadora de estórias ("sem 'h', minha menina, porque não sou historiadora nem memorialista, apenas e sempre a estória do cotidiano – verdades e mentiras") onde a poesia não deixa de coexistir pacificamente com a ficção ou "causos" por ela ouvidos ou vividos nos seus quase 96 anos de existência.

Contrariando sua própria afirmação, Cora soube transformar sua vivência em agudíssima memória e essa memória em verdadeira expressão de arte, dando--lhe a forma de contos ou poemas que são registros histórico-sociais de uma época que já vai muito longe e da qual ela mesma foi personagem.

Isto não significa, porém, que esses contos sejam mero retrato da realidade, realidade essa que ela soube transcender com uma peculiaridade narrativa das mais interessantes, resgatando uma linguagem já perdida mas que na sua voz ganha autenticidade, torna-se vivíssima e cheia de encantos. Consciente disso, dizia ela que "a língua é móvel, os gramáticos é que a querem estática, solene, rígida. Só o povo a faz renovada e corrente".

Ao fazer uso de velhas palavras como prebenda, gatafunho, decurião, baldrame, rebuço, tunda e tantas outras, que o Aurélio registra mas que ninguém mais sabe o que significam, sabia ela que esta era também uma forma de inovar. Que é a nossa gíria senão o buscar de velhas palavras e dar-lhes outros significa- dos? Há também a curiosidade de expressões como "meia-sola e conserto" (situação de remediar), "de afogadilho" (às pressas), "variar" (no sentido de deli- rar) aliadas aos hábitos coloniais, minúcias cotidianas de um Brasil rescendendo a República mas ainda avesso à renovação (a palmatória como castigo nos bancos escolares, as crendices e superstições, as jane- las de rótulas por onde se olhava sem ser visto), bem como o gosto, o cheiro e a cor da comida goiana (pratadas de mingau, tigelas de sericaia com muita canela, coalhadas, arroz mole com galinha e palmito, adubado de coentro e pimenta-de-cheiro) que foram o recheio saboroso de sua obra.

Toda literatura, é sabido, transforma-se em história quando a faz presente, viva, repetindo-se para o leitor através de novas experiências de cada leitura, do fato estético de que falava Borges que é o ato de abrir e ler um livro. Cora propicia ao leitor esse momento mágico, a regressão, através da máquina do tempo da literatura, a um Brasil bucólico, provinciano, conservador e ainda tão desconhecido.

Ana Lins dos Guimarães Peixoto Bretas, a velha rapsoda goiana Cora Coralina, comemorou 100 anos juntamente com a nossa República (1989), e este livro de contos inéditos, selecionados do espólio deixado por ela, veio para festejar o evento.

Publicar uma obra póstuma, contudo, é sempre uma tarefa arriscada. Há sempre muitas dúvidas do ponto de vista ético e estético. Seria realmente isto que o autor publicaria? Se ele deixou determinado material de lado, não seria porque não pretendia publicá-lo, por achá-lo ainda incompleto, falho ou por outras razões desconhecidas?

Neste caso de Cora, as dúvidas foram enormes, sabendo-se do zelo com que ela tratava seus originais, chegando a pedir de volta à Editora livros já no prelo para alterar uma coisinha aqui, outra acolá. Lembro-me de um encontro que mantivemos, após ela ter ganho o prêmio Juca Pato, que resultou numa entrevista publicada pelo *Folhetim* (*Folha de S.Paulo –* 10.6.1984) onde ela me dizia que vinha trabalhando arduamente no seu livro *Estórias da Casa Velha da Ponte*, sem pressa (observe-se que nessa data Cora estava com quase 95 anos de idade). Pilheriava com o médico, pedindo-lhe que a tratasse bem pois não podia morrer antes de acabar o novo livro.

Tudo isso foi avaliado e largamente discutido com a família de Cora, em especial com aqueles que mais de perto conviveram com ela e confiaram à Global Editora o seu espólio literário, composto de contos, crônicas e poemas.

Decidiu-se, assim, que, entre correr o risco de privar o leitor do contato com mais um bocadinho de sua obra e o de publicar algo que, na verdade, não contou com a seleção final da autora, optaríamos pelo segundo, arcando com a empreitada.

Não espere, contudo, o leitor, que já conhece a obra de Cora, algo de novo (no sentido de invenção, de novidade vanguardeira, lançadora de moda), pois esta é mais uma fatia de um todo que se manteve coerente durante a existência da poeta, da poesia feita de memória, o que ela chamou de "minha força tribal" e que já se constitui na sua marca.

São poemas que viraram contos, personagens que mudaram de nomes, girando em ciranda ao redor de Casa Velha da Ponte e dos Becos encantados da velha Goiás, às vezes pelo interior do Estado de São Paulo onde a poeta recolheu sua melhor vivência telúrica que resultou em páginas belíssimas. Imagens que se sucedem, a cada vez enriquecidas de novos detalhes, novas óticas, de tom sempre lírico, mesclado com pitadas de humor e severas críticas de costumes.

8

Regional? Sim, a exemplo de Guimarães Rosa, Jorge Amado ou Graciliano Ramos. Mas, a região, assim como naqueles autores, formou apenas o pano de fundo para a composição de algo mais amplo: a visão de mundo da poeta, o perscrutar da alma humana, que essa é sempre universal.

Assim como outras grandes poetas (Cecília Meireles, Florbela Espanca, Emily Dickinson), Cora não se filiou a nenhuma corrente literária. Foi uma voz única, solitária, singular, que, mesmo tardiamente, rompeu o isolamento de seu Estado para ser inserida no contexto nacional.

A par com a singularidade da escritora, a trajetória pessoal de Cora Coralina também mostrou-se singularíssima, fora dos padrões do seu tempo, jamais deixando de se misturar com a sua obra. Por ter o primeiro livro publicado somente aos 76 anos de idade, Cora passou a ser conhecida como uma escritora que descobriu a poesia na velhice. Na verdade, desde muito moça que ela já escrevia, conforme pode ser atestado na imprensa daquela época. Em 1910, o *Annuário Histórico Geográphico e Descriptivo do Estado de Goiás* trazia o seguinte verbete: "Cora Coralina (Anna Lins dos Guimarães Peixoto) é um dos maiores talentos que possui Goyaz; é um temperamento de verdadeiro artista. Não cultiva o verso, mas conta na prosa animada tudo que o mundo tem de bom, numa linguagem fácil, harmoniosa, ao mesmo tempo elegante. É a maior escriptora do nosso Estado, apesar de não contar ainda 20 anos de edade".

Mesmo com o reconhecimento da crítica aos seus primeiros escritos, a família jamais a incentivou no campo literário e tampouco o marido com quem veio morar em São Paulo, onde permaneceu por quarenta e cinco anos, período em que continuou escrevendo e guardando.

Viúva, os filhos já criados, Cora volta em 1956, sozinha, à sua cidade natal, para a velha Casa da Ponte do Rio Vermelho, hoje tombada pelo Patrimônio Histórico do Estado, espaço que a poeta cantou em tantas páginas, em prosa e verso.

Sobrevive do ofício de doceira que lhe deu fama para além das fronteiras do Estado. Assume de vez o seu outro ofício: o de poeta. Faz versos e bolos, vende os doces e dá poemas de troco.

Somente em 1965 vê seu primeiro livro publicado, *Poemas dos Becos de Goiás e Estórias Mais*, pelo editor José Olympio, a quem tinha confiado os originais à época em que morou na Capital de São Paulo e vendia livros para sua editora.

O livro não chegou a "acontecer" nem em termos de público nem de crítica. Mas, Cora não desiste ("sempre escrevi para publicar e não para guardar"), e em 1976 a Livraria e Editora Goiânia publica *Meu Livro de Cordel*, edição que também fica restrita praticamente a Goiânia. Teria sido esta obra que provavelmente chamou a atenção da Universidade de Goiás, que publica em 1977 uma 2ª edição do *Poemas dos Becos de Goiás*, tornando-a bastante conhecida naquele Estado.

Um desses exemplares chega às mãos do poeta Carlos Drummond de Andrade, que publica uma crônica no *Jornal do Brasil* em 27.12.1980 onde dizia: "Admiro e amo você como a alguém que vive em esta-

10

do de graça com a poesia. Seu livro é um encanto, seu verso é água corrente, seu lirismo tem a força e a delicadeza das coisas naturais". Foi o aval que a obra de Cora precisava para o Brasil inteiro aceitá-la.

Por seu carisma e magnetismo pessoal e pela incrível energia para uma mulher de sua idade, passa a ser requisitada para inúmeros eventos, palestras, entrevistas na imprensa falada e escrita.

A glória vem em forma de inúmeras homenagens como o título de "Doutora Honoris Causa" pela Universidade Federal de Goiás, o Troféu Juca Pato da UBE de São Paulo, o prêmio APCA também de São Paulo, e tantas outras como as de passar a ser nome de rua, bibliotecas e prêmios literários. A tudo isso ela comparecia, fazia discurso, autografava, num ritmo absolutamente frenético e inconcebível para uma mulher de quase um século, atemporal, saboreando a glória tardia, como se a morte fosse uma possibilidade remota.

Justamente por toda essa "festa" que se deu em torno da poeta nos seus últimos cinco ou sete anos de vida, houve muita conclusão apressada, muita gente falando dela sem ao menos ter lido um de seus poemas. Certamente a fragilidade física da figura quase centenária, apoiada nas muletas após ter fraturado um fêmur, que respondia às perguntas em tom declamatório e quase apocalíptico, contribuiu para que a crítica se esquecesse de uma análise mais profunda de sua obra, passando, naquele momento, a vida da poeta a ser notícia de maior importância, transformando-a numa figura mítica.

E, ainda que concordemos com o poeta português Herberto Helder, quando diz que "não devemos malquerer às mitologias, porque são das pessoas e neste assunto de pessoas, amá-las é que é bom", devemos admitir que a própria Cora acabou colaborando, inconsciente ou deliberadamente, para a formação do mito em torno de si própria, através de suas declarações surpreendentes.

Sempre polêmica, contestou o próprio Drummond na famosa crônica, quando o poeta disse: "Tão gostoso de pronunciar este nome, que começa aberto em rosa e depois desliza pelas entranhas do mar, sudinando música de sereias antigas e de dona Janaína Moderna", ao que Cora retrucou "e quem foi que disse que Cora Coralina é marinho? Cora vem de coração. Coralina é de cor vermelha. Cora Coralina é um coração vermelho".

Com esse barulho todo, mais a aparente simplicidade de seus versos, a crítica do eixo Rio-São Paulo com raras exceções acabou por torcer o nariz para sua obra.

Ela escrevia com simplicidade para ser entendida ("para a gente moça escrevi este livro de estórias. Sei que serei lida e entendida") e não por desconhecimento. Por várias vezes ela demonstrou, apesar de declarada falta de escolaridade (apenas os dois anos com a mestra Silvinha), que possuía uma firme consciência crítica em relação ao fazer literário, quando, por exemplo, dizia que "o alimento de quem escreve é a leitura de bons autores, com sentimento só você não tem estilo" e, sabe-se, ela lia muito.

De bons autores e de tantas vivências, ela formou o seu estilo, único e personalíssimo. Cora Coralina merece um lugar marcado na literatura brasileira, como uma voz que ficou.

Contas de Dividir e Trinta e Seis Bolos

Minha tia Laudemiria tinha se separado do marido por absoluta impossibilidade, divergência fundamental e biológica de vida em comum, apesar de adorar o marido. Este lhe destinara por mês trinta e quatro mil e setecentos réis de um montepio, aposentadoria ou o que seja. Com ela veio o seu filho de cinco anos. Procurou a casa do pai que vivia na fazenda Paraíso.

Chegou ali um dia montada a cavalo no seu silhão de dona com o filho num piquirinho rosilho e manso bem arreadinho com todos os ataviosselote de primeira, badana, coxinilho, sobrecilha, três barrigueiras e rabichola. Dois homens de confiança tocavam os cargueiros com suas canastras e dobros.

Nós éramos meninas naquele tempo e ficamos encantadas com aquela tia de vida romântica, que mal conhecíamos de nome e invejamos desde logo o cavalinho do primo, muito manso, de crina caída, de passo macio e que tinha o nome maravilhoso de Peri.

Minha tia por esse tempo devia ter 32 anos. Era alta, fina de corpo, de feição simpática, inteligente, boa, de trato delicado e amável com todos. Tinha cabelos pretos penteados para trás em duas grossas tranças que alcançavam a barra da saia. Foi uma força nova que chegou na casa-grande, cheia de gente velha carregada de achaques, queixas e desilusões.

Trazia na canastra sua máquina de costura e logo passou a cortar e coser para a gente do terreiro e depois costurava bonitos vestidos para as mulheres dos sítios vizinhos, gente de aldeia de Mossamedes, em tempo de festa. Passou logo a ajudar no governo da casa que era grande e movimentada.

Meu avô era nesse tempo um homem de recurso, com muito prestígio pessoal, social, político e econômico. Tinha seus correligionários, amigos e compadres, inúmeros agregados, protegidos e dependentes. Era grande caçador – tinha cachorrada de fôlego e trompa de caça com bocal de prata, rica, lavrada e muito mais de mil alqueires goianos de mato, cerrados, campos e rios e ribeirões com toda diversidade de caça de pelo, de pena e de escama, e a fazenda Paraíso não passava uma semana sem a graça insinuante dos hóspedes.

Minha tia era solícita dona de casa. Tinha o dom da hospitalidade perfeita. Era diligente, ativa, espirituosa, cuidadosa e alegre. Além da casa que atendia com esmero, passou a tomar conta de um velho moinho tocado a água, que vivia quase ao abandono e parado. Uma construção rústica, erguida no meio do pomar, com janela em cima do rego-d'água. Dentro era alvejado de uma poalha sutil e todo rescendente das coro-

14

las do pomar. Fazia sombra nessa construção primitiva, um abacateiro enorme sempre com frutos pendentes se esborrachando na caída e um velho e esgalhado jambeiro onde trilavam todos os beija-flores da terra e dobravam o canto inigualável os velhos sabiás de peito vermelho, nas longas tardes de outubro.

Era um recanto romântico e de poesia que tia Laudemiria transformou e fez funcionar e o trabalho ali, de vigilância e suprimento, era agradável, proveitoso e limpo.

Entrava o milho debulhado e abanado na almoeda, descia guaduado por uma canaleta móvel e caía pouco a pouco no furo das pedras redondas, que, girando em contrário, reduziam o grão a um pó muito fino que a própria rotação ia jogando numa caixa grande, quadrada, de tampa. Era ensacado e vendido ali mesmo ou levado em cargueiros para o mercado de Goiás.

Com a ocupação do moinho, com as costuras e com o governo da casa e mais a presença constante dos hóspedes que ali iam convalescer, tomar ares, caçar, pescar, passar temporadas e coisas, tudo isso, repetido de forma rotineira e mais, o tempo de moagem, o tempo das rosas e o tempo das colheitas se sucedendo em ciclos continuados e rotineiros, os anos se passaram sem sentir e meu primo Zezinho cresceu sem aprender nada que aproveitasse.

A escola ficava longe, minha tia não tinha coragem de – sozinha com o filho – enfrentar a vida na cidade com aluguel de casa e manutenção. Tampouco, sentia ânimo de mandar o filho para o internato do seminário, passivamente. Foi ficando pela roça e adiando providências com relação ao filho para o ano que vem. Com o crescimento e a liberdade do meio, sem disciplina da escola, o Zezinho ia aprendendo todas as malinezas dos meninos com quem brincava e cada dia se tornava mais brutinho. Montava em pelo e saía disparado pelos campos com risco de se arrebentar. Subia pelas árvores mais altas, se mostrava acima das copas e escorregava gaiteiro pelas galhas. Sumia pelos ribeirões com anzol e cumbuco de iscas e voltava quando bem queria, isso quando não ia tomar banho e nadar no grande açude que servia a casa. Lugar perigoso que deixava minha tia apavorada e onde, há tempos, tinham se afogado dois meninos peraltas.

Foi o tempo que ela se decidiu ir às falas com o tio Fidelcino, mais conhecido por seu Tito, irmão de meu avô e que morava no terreiro da fazenda, numa casinha separada. Esse tio era um homem de cinquenta e cinco anos, neurastênico, nervoso, governado pelas luas – diziam –, de raiva fácil, de manias constantes e permanentemente amuado. Tinha sofrido na sua vida uma série de revezes e fracassos e seu espírito rebelado nunca se reabilitou dessas decepções.

Era, no entanto, de rara habilidade para fazer coisas sem aprender e de notável intuição para toda espécie de mecanismo, embora, rudimentares como impunha o atraso do meio e do tempo. Homem de notáveis conhecimentos. Sabia gramática, francês, latim, retórica e tinha rudimento de leis de física. Estudara juntamente com outro irmão, no distante e afamado Seminário do Caraça de onde saiu sem completar o curso, com uma doença grave nos olhos. Foi se tratar na Corte. Ficou cego de uma vista e não quis terminar o estudo.

Chegou a ficar meio perturbado quando se deu o desastre com o mano Antônio, seu companheiro do Caraça e que ali fizera curso brilhante e mais brilhante concurso em concorrência com a fina flor da inteligência e cultura de vários Estados, tirando o primeiro lugar, recusando alta colocação no Rio de Janeiro, afirmando que estudara e fizera aquela prova não só para brilhar e sim para servir Goiás, sua terra, e que voltaria para sua cidade onde aguardaria mercê de Justiça.

O tio Fidelcino vinha da Paraíso para Goiás e o mano Antônio combinou que o acompanharia até o alto da Boa Vista onde caçaria umas perdizes. Tomou sua espingarda de dois canos, chamou Trovador, seu perdigueiro favorito, montaram a cavalo e viajaram juntos. No alto, seu Tito parou longo tempo, observando a magia da caçada de perdiz, vendo o mano abater as aves com extrema certeza, de certa pontaria. Juntaram as perdizes mortas. Tio Fidelcino engarupou algumas para levar com ele enquanto o mano Antônio carregava de novo a espingarda, que nenhum homem, caçador ou não, porta arma de fogo descarregada. Acabou de carregar e colocou a cápsula nos pentes e encostou a espingarda ao pé de uma moiteira, enquanto, por sua vez, atava a caça restante à garupeira. Tio Fidelcino aí se despediu e virou a rédea do animal rumo de Goiás. Não tinha andado cinquenta passos quando ouviu o estrondo. Olhou para trás surpreendido, inda em tempo de ver, na fumaça do tiro o mano, já montado, bambear de lado.

Correu a espora, amparou e desceu o irmão que já não se sustentava nos arreios. Viu de perto o desastre.

17

O cão da arma puxado por um cipó, a carga pegando à queima-roupa e arrebentando pelo peito, atingindo o pescoço, seccionando as artérias e a sangueira correndo, ele se esvaindo e inda ouviu o irmão suas últimas palavras: "Meu mano, como se morre tão cedo..."

E ali se achou ele naquele descampado ermo, sozinho com o agonizante, desesperado daquela tragédia e a braços com o cadáver – "que fazer?". Tomou com dificuldade o corpo, atravessou na sela, amarrou como pôde e tocou puxando devagar com medo do morto vir ao chão e a dificuldade daquela viagem se tornar maior. Deu volta fora da casa-grande. Devia poupar a sua mãe a agonia daquele filho desaparecido de forma trágica.

Lembrou-se do grito soturno dos que no sertão carregam mortos e pedindo ajutório, certo de que alguém, ouvindo, não deixaria de correr no rumo do chamado fúnebre. Gritou uma, duas vezes, não tardou aparecer gente, mesmo ali da fazenda ou saída das roças.

Mandou recado do desastre pra meu avô e que ia levando o morto para o retiro da Fazendinha donde devia sair o corpo na rede para o enterro em Goiás – sem que a mãe soubesse.

Meu avô providenciou o necessário: escravos e feitores foram separados do serviço e rumaram para Fazendinha. Moradores e vizinhos acudiram e na chegada da noite saiu o fúnebre cortejo, acompanhado de dezena de pessoas a cavalo e a pé se revezando na carreira, lúgubre, agarrados aos varais da rede. Ao amanhecer chegaram a Goiás e pouco depois estava o corpo na sepultura. Depois do enterro, meu tio Fidelcino profundamente abalado foi acometido de uma febre cerebral, por vários dias, delirante e perturbado da razão. Convalescente, voltou para a Paraíso ainda um pouco vário do juízo – ao fim se libertou do choque. Minha bisavó de nada soube, os filhos conluiados lhe pouparam aquele transe. Língua foi passada para que nada se dissesse na casa e ninguém triscasse no caso. As escravas de dentro foram ameaçadas de castigos pesados se soltassem um ai sobre o ocorrido. A velha sempre perguntava:

– Cadê o Antônio?

A resposta era: – "Está com o Tito na cidade".

Passado algum tempo de espera tornava a inquerir:

– O Antônio não volta?

Tornavam a lhe dizer:

– "Viajou. Foi em Curralinho visitar a mana Cicinta, e lá está descansando dos estudos." Isso por meses a fio. A cada pergunta davam uma resposta evasiva. No dia em que completou um ano do desastre, a velha escrava Liadora deixou escapar a verdade, esquecida das ameaças: "Pois é Nhãnhã, hoje, fais um ano que Nhô Antônio se atirou na caçada de perdiz..."

– Que é que está dizendo, negra?

– Pelo amor de Deus Nhãnhã, eu se esqueci da incomendação e agora o Sinhô manda arrancá meu coro... num falei nada não, Nhãnhã!...

A velha levantou, fechou a porta por dentro e intimou a escrava a que contasse a verdade toda. Amedrontada, a negra obedeceu.

Contou do desastre na caçada de perdiz – do morto levado pra Fazendinha por causa do susto de Nhãnhã, do corpo carregado na rede, de noite levado a enterrar em Goiás, da doença e variação do tio Fidelcino e da incomendação de ninguém num contá pra Nhãnhã cum pena de uma tunda.

A velha mãe tudo aquilo ouvia de olhos cerrados, secos e de lábios frementes. Chamou meu avô, seu filho mais velho. Ordenou que nenhum castigo se desse a Liadora e que se mandasse fazer para ela veste preta, rebuço preto de cabeça e mais umas chinelas pretas. Mandou a escrava buscar um prato de cinza. Tomou de uma grande tesoura de tosar crina de animal, desenrolou os cabelos e com decisão cortou rente as duas tranças que atirou pela janela. Cobriu a cabeça de cinza. Entrou no quarto do oratório e fechou a porta por dentro. Ali ficou por dois dias e duas noites, muda, sem responder ao chamado dos filhos. Ao fim desse tempo, meu avô arrombou a porta e tirou nos braços a mãe semimorta. Muitos dias, ela esteve de cama, passada, inconsciente, lisa-levantou. Depois, reagiu, tomou sua veste de luto. Passou o rebuço na cabeça. Voltou calada à sua vida habitual. Nunca mais perguntou pelo morto. Quando meu avô, emocionado, tentou uma palavra de conforto, ela, rígida e severa, fez o filho se calar.

Tempos depois, meu tio Fidelcino mandou falar em casamento com a filha de um sitiante de longe e um dia voltou casado para a fazenda.

O que se passou com o casal naquela primeira noite de núpcias ninguém nunca soube. O certo e contado foi que o tio Fidelcino, depois de ter estado sozinho com a mulher, saiu para o terreiro onde passou a noite toda andando como doido, gesticulando e falando sozinho e a madrugada inda vinha longe já ele tinha trazido do pasto seu animal de sela e o da mulher. Tinha arreado em silêncio, fez a mulher montar e montou ele, também. Um escravo encangualhou o burro, enganchou as canastras de roupa e os dobros da dona, tocaram silenciosos para a estrada e antes do dia clarear de todo o tio Fidelcino chegava e entregava tudo: a desposada, suas canastras e os seus dobros, sem uma palavra, na porta do sogro. Calado, saltou na sela, o escravo na canga. Voltou. Não informou ninguém do acontecido nem disse coisa sobre aquilo. Abismou-se num mutismo de pedra e não houve na fazenda e na família quem tivesse coragem de perguntar, arriscar um comentário, uma indireta. Nunca ele fez referência àquele fato nem disse o nome da mulher nem aludiu ao casamento. Tudo aquilo foi para ele uma espécie de sonho ruim que procurou esquecer no cemitério do silêncio.

Quando não estava aluado ajudava meu avô na casa da serra. Tinha o senso de mecânica e conhecia madeira e grande parte da flora vegetal. Era dono de uma conversa rica e variada e instruída, fora da veneta. Contava casos, histórias e passagens do Caraça, reminiscências dos estudos e não gostava de ser contraditado. Não acreditava nos santos e não gostava de padres; era descrente ao céu e chamava sempre por Satanás, de cuja existência, também, duvidava. Almoçava e jantava na casa-grande e quando se enfezava com qualquer coisa – uma falta de criança na mesa, um descuido dos grandes – não queria mais partilhar da refeição em comum. Da casa, então, mandava-se-lhe um prato reforçado que ele recebia de maus modos. Tinha ótima leitura, memória privilegiada e fazia cálculos admiráveis, dava solução breve e conhecendo aos mais intrincados problemas de matemática.

Com uma ponta no chão qualquer, cobiçava toda a madeira bruta que encontrava na serra e toda a madeira serrada que ia em carros de boi para a cidade – conhecia trabalhos de forja e dava têmpera de aço e qualquer pedaço de ferro inútil sem esquecer o espelho que ele fazia em forma de folhas de uva, de figo ou imagens cabalísticas. Restaurava velhas ferramentas e fazia fechaduras, chaves, gonzos, e carpintaria não tinha segredos para ele. Tinha capacidade para ensinar muito acima do requerido, mas só ensinava à velha moda. Minha tia pediu a ele para ensinar rudimentos ao Zezinho. Concordou e recomendou que mandasse buscar na cidade: cartilha, abecedário, papel, lápis, tinta, pedra-lousa, enquanto ele laborava a palmatória. Minha tia, timidamente, perguntou se não podia ensinar sem essa... ele respondeu com aspereza: "Laudemiria, a senhora já viu criança aprender sem palmatória? Eu nunca vi... sem ela não ensino. Com ela boto leitura, escrita e as quatro operações na cabeça do seu menino. Se não quiser, fica lá com seu filho".

Entre o filho crescer analfabeto e apanhar alguns bolos de palmatória minha tia preferiu arriscar.

E lá se foi o Zezinho numa segunda-feira para a escola com mil recomendações de estudar bem, prestar muita atenção, não facilitar, não responder torto ao tio, não contestar suas razões e prestar com ligeireza qualquer servicinho que ele quisesse.

Do pagamento não se falou, podia até o tio se malquistar. Muito diplomata, a tia Laudemiria mandou comprar na cidade três metros de muito bom "toile de Vichi". Costurou uma bonita camisa, lembrança para o tio e mandou o filho levar na primeira semana de estudo. Dali por diante tomou conta do velho: eram pratadas de mingau logo pela manhã; tigelas de sericaia com bastante canela; bolinhos fora de hora, biscoitos, café, coalhadas e travessas de arroz mole com galinha e palmito, bem adubados de coentro e pimenta-de--cheiro para a ceia. Tudo isso para abrandar a natureza braba do mestre em benefício do filho.

Tudo correu muito bem no começo. A cartilha, as lições de escrita não apresentaram dificuldades. O ABC entrou com facilidade pela cabeça do Zezinho. Logo o pequeno ligou as vogais e separou as consoantes. Aprendeu a soletrar e com pouco mais lia por cima. Com a escrita não houve empecilho. Lição passada, lição estudada, lição sabida, e a leitura ia se tornando corrente.

O menino estava na idade certa. Era vivo, inteligente, tinha medo da palmatória e aprendia com facilidade. Passou para os números e logo conhecia os algarismos e seus valores. Começou a tábua de somar, pulou para a de diminuir, entrou a de multiplicar. Veio então a pedra-lousa e foi acertando as primeiras contas c tirando as provas real e dos nove.

Os mestres daquele tempo usavam de uma certa malícia para aferir o adiantamento do aluno. Apresentavam uma operação errada sem nenhum aviso. O menino tinha que acusar o erro e acertar a conta. O mestre já tinha ensinado que a primeira verificação de uma conta se fazia tirando prova. Seja que não se achou bem seguro de ter achado o erro, seja que teve medo de mostrar, certo foi que se enrascou e não deu saída.

A palmatória bem lavrada em cabiúna preta com seu cabo de bom jeito e do comprimento legal, sua palma de três centímetros de espessura e cinco de diâmetro com um signo Salomão riscado no meio e cinco furinhos espaçados saiu no prego e fez sua entrada triunfal. Seis bolos para começar e puxados, para não caçoar. Da casa-grande ouvia-se o choro alto da criança junto ao apelo aflitivo – apelo inútil, aliás. Tio Fidelcino tinha uma fé robusta na palmatória e muita segurança de suas consequências.

A escravidão tinha se acabado há menos de dez anos e isso de palmatoadas em mão de criança não fazia impressão de maior nem um centésimo do que impressiona hoje, aos que só ouvem contar. Na casa-grande nenhuma palha saiu do seu canto. Na hora do jantar não houve falta de apetite e ninguém censurou nem se condoeu. Comentou-se, isto sim, justificando: "Menino é isso mesmo... se não apanha não aprende... menino o que quer é brincar... isso é pra o bem dele. Quando ficar homem agradece...", por aí, o peso dos considerandos.

O Zezinho venceu mais aquela prova. Era ele o único aluno da escola. Os outros meninos do terreiro tiravam fogo só com a ideia daquele mestre e os pais não faziam conta de que os filhos aprendessem. Diziam mesmo que leitura de papé não enche barriga. Leitura em pobre é o mesmo que esquipado em égua. Coisa perdida, diziam eles, e nisso ficavam.

24

A primeira aula começava às oito da manhã e ia até as onze horas. Eram lições de leitura e de escrita, rudimentos de gramática, princípios de geografia e declinações do latim. O segundo período começava à uma hora e terminava quando o menino soubesse a lição. Esta era de contas, problemas, cálculos, medidas e algarismos romanos. Isso todos os dias, só não aos domingos e santificados e quando o tio Fidelcino ia pescar ou acompanhar a caçada. Quando ia de vara e anzol, Zezinho também levava sua varinha e o cumbuco com as iscas, com a recomendação de não dizer palavra para não assustar os peixes.

Minha tia costurava num quarto que deitava janelas no terreiro grande com vista para a mangueira (curral), para o rego-d'água, para os pastos e matos distantes e para muito perto da casa do tio. Ouvia perfeitamente a leitura alta do filho e o brado do mestre à menor cincada. Aquela tarde era a lição das patacas. Pataca era valor e dinheiro superado, recolhido, desaparecido, mas se falava nela por tradição, como se fala hoje em mil-réis, dois ou cinco mil-réis, e os velhos compêndios que ensinavam seus valores não tinham sido substituídos. A lição de números era sempre cantada, tradicionalmente, cantada, na roça ou na cidade, em coro ou sozinho, fazendo solo. O menino não ia lá muito bem com relação às pacatas.

De vez em quando, o velho mestre chamava atenção: "Veja lá, seu José... Olha bem que esta lição é para hoje". A sala da escola era uma área anexada à casa de terra batida – uma meia-água – metade coberta, metade ao relento. A parte coberta era fechada com paredes de taipa com muitos pequenos buracos da queda do enchimento formando um crivo grosso com vista para o infinito. A parte descoberta era vedada de paus grosseiros a meia altura e quem entrava por ali tinha só que levantar a perna e passar. Era fácil, primitivo e não havia precisão de cancela.

A parede do fundo tinha fincados uns tornos e pendurados ali esquadros, ferramentas, correiame, pedaços de correntes e uma horrível gargalheira do tempo da escravidão, onde o tio Fidelcino pendurava sua capanga com cabeças de palha e fumo-de-corda. Bem saliente, vistosa e no melhor lugar, estirava-se a palmatória.

Um banco pesado de carpinteiro servia de mesa e de banco mesmo. O menino estudava sentado num tamborete baixo com fundo de sola, tendo o banco na frente onde apoiava o livro e na rebaixa acomodava a lousa, o papel de escrita, cartilha, lápis e penas, canetas de encaixe. Quando deixava a escola cobria tudo com um pedaço de tábua larga e leve, que empurrava para o meio do banco durante o tempo de aula. Seu Tito tinha para ele sentar uma tripeça alta e polida, forrada de couro de lobo. Pertinho passava marulhando o rego-d'água onde bebiam os animais do terreiro e as patas vinham ensinar natação aos seus patinhos. Esse rego era recolhido, desaguava num bicame largo, alto e bem cavado, dentro já dos muros do pátio da casa-grande, onde nós pequenos tomávamos o banho mais festivo do mundo. Caía em cachoeirada no calabouço do monjolo e ia por outra bica, larga, funda e inclinada espadanar nas calhas do moinho, fazendo girar as pedras e moer o grão.

26

Era essa aguada sombreada de araçazeiras, sempre com araçás e altas goiabeiras enfolhadas sempre com flores e goiabas pelas pontas. Era o pouso preferido da passarinhada cantadeira. Nas mangueiras periquitos e currupiras e ararinhas roíam com alarido as primeiras mangas maduras.

A Camurça veio devagar com sua cria; entrou no rego, bebeu, abriu as pernas, arqueou o lombo muito preto e mijou dentro d'água. Subiu o barranco escalavrado e ganhou os campos – o bezerro ia na frente saltando, de cabo arrebitado. Tudo isso o Zezinho via pelos quadrinhos furados da parede.

Ia chegando a hora de lição e as patacas andavam por longe. Perto mesmo estava era o joão-de-barro que fazia uma casinha engraçada no galho torto do genipapeiro da frente da casa-grande, e toda gente da casa roubava tempo para fiscalizar aquela construção. Toda hora esquecia da lição vendo o passarinho bater a pelota, carregar no bico e voar para a construção... "Passarinho trabalhador...", pensava ele, "não tem que fazer lição..." Inda mais que passou o Cirico de Sá Balbina que ajudava o vaqueiro Anselmo e era o amigo do peito. Bateu os olhos lá dentro, não viu seu Tito, contou logo no buraco da parede que acabava naquela horinha de deixar a Cambraia na mangueira com cria nova-pretinho que nem carvão e tão molinho que o vaqueiro trouxe carregado no cabeçote dos arreios...

Zezinho ouviu a trompa da caça, alarido da cachorrada e a conversa alta e risonha de seu Manoel Candinho, compadre de meu avô, ranchado da casa--grande. Depois veio a galinha de pescoço pelado e o galo topetudo de Mãe Preta, muito aquerenciados, cantar e fuxicar pertinho da parede. O leitão carunchinho refesteleva-se no lameiro e com a quentura da tarde subia da mangueira um cheiro agressivo e sadio de lama misturado com urina e esterco de gado.

Seu Tito veio de dentro com os óculos na testa e quando não estava de boa catadura tinha um costume feio – meter a aba do bigode assanhado e queimado de sarro dentro da boca torturando com os dentes. Sinal de perigo na linha. Procurou pela lição. Uma pataca – trezentos e vinte. Duas patacas – seiscentos e quarenta. Três patacas – novecentos e sessenta. Quatro patacas – mil duzentos e quarenta. Cinco patacas... Não houve jeito de acertar. Números e somas se baralhavam no crivo da parede, na cabeça do Zezinho. Aí entrou a palmatória e entrou de rijo. "Chega, meu tio", gritava o menino... "Chega, meu tio..." E a palmatória subindo e descendo no compasso cadenciado da rude punição – um, dois, três, quatro, cinco, seis, sete, oito, nove, dez onze, doze, ia contando minha tia com o coração em suspenso, com as mãos nos ouvidos e o rosto lavado de lágrimas. Silenciou a palmatória. Cincou seu delator – um bem-te-vi – gritou no alto do coqueiro, Cambraia mugiu na mangueira lambendo a cria novinha. Ficou boiando no ar tranquilo da tarde sertaneja o soluço estertorado da criança assoando o nariz na fralda de camisa e voltando de novo às patacas.

Aí minha tia não se conteve e gritou da janela: "O que foi, meu filho?". E o menino de lá, soluçando: "São as patacas, mamãe... são as patacas, mamãe...".

Meu avô que vinha entrando da casa da serra ouviu o estralar dos últimos bolos. Previu que a contagem não ficaria só naquela dúzia. Foi logo à porta do mano e pediu que ele fosse até a casa da serra ajudá-lo em qualquer coisa.

Com isso o Zezinho foi despachado. Pulou o cercado e correu para o rego a refrescar as mãos escaldadas. O vaqueiro Anselmo passava com o guampo e a correia. Ia desleitar a Cambraia. Foi ver. O vaqueiro chegou à vaca com jeito, correu, passou a corda levou ao moirão. Abaixou-se, a mão no úbere volumoso e rosado. Com perícia juntou a primeira teta grossa, alongada e túrgida numa chamada fina para a terra. Encheu o guampo três vezes repassando as tetas; três vezes jogou por cima da cerca num cocho fora da mangueira onde os leitões grunhiam o colostro amarelo e sangrento. Encheu de novo. Deu pra o Zezinho: "Bota as mãos aí dentro, menino, que sara logo. Vi muito negro cativo com as mão rachada de bolo sará de um dia pru otro, lavando com leite ruim... num tem mesinha maior".

Depois, verificou que a casa do joão-de-barro estava ainda nos alicerces. Reparou bem a mangueira – se contavam, ainda, as mangas maduras.

Acabada a lida o Cirico de Sá Balbina deu uma bolsa de visgo de gameleira que ele enfiou no bolso.

Depois de jantar, estirados no largo peitoril de pranchas do varandado, conversaram seus assuntos de meninos de roça e acertaram de botar o visgo no talo das mangas e pegar os periquitos gritadores.

Tranquilo com as coisas que mais o interessavam, no dia seguinte acertou bem as patacas. Naquela semana ia aprender contas de dividir por mais de um número. O joão-de-barro tinha já respaldado a casinha do galho torto do genipapeiro. A última vez que enfiou a mão e apalpou, sentiu dois ovinhos dentro. Tinha posto grude de gameleira no talo de umas mangas maduras. Agora, ouvia da escola o grito desesperado dos periquitos se debatendo no visgo. A turma do carunchinho estava deitadinha no lameiro. A égua baia vinha procurando o cocho com seu potranquinho novo ainda, de pelo amarelo e frente aberta, e quem vinha atrás pastorando? O sem-vergonha do Peri, ariscado a tempos, num rebanho de éguas do seu Dito ao lado da casa de seu Vítor, do lado do Almeida. Vinha pela ração.

A vaca. Salmoura estava presa na mangueira com bezerro novo. Seu Tito tinha ido lá dentro e Cirico de Sá Balbina contou nos ouvidos da parede que o coqueiro-rei estava forrado de coco no chão, tão cheiroso que a gente sentia de longe, e que o vaqueiro avexado não deixou apanhá... que no Retiro Velho tinha achado no cupim do Tarumã um ninho de papagaio com dois fiotão encanudado, facinho de tirá. A galinha Nanica saiu da moita com uma rodada de pinto novo.

O monjolo subia e descia compassado, pilando arroz. Angolas gritavam: "Tou fraco, tou fraco", no meio do pasto. Sá Balbina torrava farinha de milho no rancho do monjolo – sabia-se pelo cheiro. Na cozinha Florinda fritava toucinho – sentia-se até o gosto dos torresmos e beijus. A água do cocho do monjolo descia pela bica e espadanava na roda do moinho onde a gente grande tomava banho. Ouvia-se dali o escachoar da água e o giro surdo das pedras. Um bando vagabundo de João Congo apareceu assanhado pelos coqueiros gritando à toa, de gaiatos.

Sentia-se o menino na posse e possuído de todo aquele mundo, além da parede. O cansaço daquela conta, ali, enrascada. Dividir por quatro números diferentes – não sabia como podia ser. O mestre tinha explicado e ele esquecido. Só entendia o chamado da terra, o mundo maravilhoso do sítio que estava pra fora da parede.

O joão-de-barro agora gritava doidamente na porta de sua casinha batendo as asas; de certo, ouviu qualquer coisa no tempo. Salmoura mugia na mangueira com o bezerro apartando e o ubre estourando entre as pernas abertas. Zezinho queria ver! Imaginava como era a cria da Salmoura. O coqueiro-rei tava forradinho de coco e os fiotes de papagaio já abrindo os canudos. Será que voavam do cupim?... Peri bufava no cocho vazio, queria sua ração costumeira.

"Vamos ver a conta, seu José. Vamos lá... e olhe que hoje estou com a testa amargando...", era um modo de avisar. A lição estava errada. Com tanto passarinho na gaiolinha da cabeça, sentidos, não havia lugar para a secura dos números.

A palmatória baixou do torno e contou alto e compassadamente uma dúzia de vezes – seis bolos em cada mão estendida. O pensamento do menino refluiu para a lousa. Enxugou a cara – suor e lágrimas – na fralda da camisa de riscado, sacudiu as mãos ardendo, limpou o nariz, esquecendo do joão-de-barro na sua casinha do galho torto... Passou um trapinho molhado na conta errada e procurou acertar... Seu Tito voltou para dentro.

31

Melhorou alguma coisa... o coqueiro-rei... não fosse lá o Cirico de Sá Balbina e catasse tudo ele só... Do coqueiro-rei no Retiro Velho era perto a pé ou em pelo, no Peri; inda ia lá a hora que saísse... e via encanudados os fiotão de cupim do Tarumã.

Ia acertar a conta, dividir por seis, ali estava acima do traço: 078940. O que atrapalhava eram os zeros e o dividendo esparramado em cima em quantos algarismos – de propósito, meu Deus!

Não acertou e de novo a palmatória, conjugando o tempo e o espaço numa perfeita linha vertical, subiu e abaixou mais doze vezes – seis em cada mão. O choro e o grito agudo do Zezinho se perdiam na distância, rolavam e iam morrer nas baixadas silenciosas.

Sumiram por encantamento os fiotes encanudados. Desapareceu a vaca Salmoura. Os leitões desconfiados subverteram-se do lameiro e a frota unida foi se esconder debaixo do assoalho do paiol mais garantido e cheio de possibilidades. O joão-de-barro viu coisa ruim nos ares. Calou o bico, enfiou a violinha no saco e meteu-se dentro do seu edifício. De vez em quando botava a cabecinha na porta assustando o tempo. A galinha amarela chamou arrepiada a rodada dos pintos e foi catar seus bichinhos num lugar mais sossegado, lá longe no pasto dos bezerros. A pata marreca levou para outro lado o comboio dos patinhos e aquela tarde não houve natação no rego. Sá Balbina deixou a farinha passar do ponto, botou escora no monjolo antes do tempo, atulhou a panelinha do pito e com o dedão apertou com raiva uma brasa em cima e foi abanar o arroz, esconjurando. Da cozinha mãe preta rezava benzendo pra o lado da escola a reza brava de São Bento.

32

Zezinho, agora, só tinha pela frente os números. Passou o trapinho molhado na conta errada e tentou pela terceira vez acertar a divisão e errou pela terceira vez e pela terceira vez a palmatória subiu e desceu, ritmada. Mais seis bolos em cada mão estendida. Com o queixo duro, o corpo interessado e a calcinha cheia, no último, gritou: "Me acode. Nossa Senhora..." Aí ouviu-se que ganhou mais uma palmatória na cacunha, por conta de Nossa Senhora.

Depois da primeira dúzia minha tia tinha corrido para o moinho. Com o rodar surdo das pedras e o escochoar da água nas colheres não ouviu mais nada. Virou o ouvido para dentro de si mesma e ouviu foi o próprio coração se abrir, segredar para ela uma coisa nova. Assentada estava, assentada ficou na tampa da caixa de fubá, sem lágrimas, muito acalada e muito forte.

Lá na casa-grande, minha bisavó se benzeu e se pôs a rezar a Santa Maria Eterna – suas Horas Marianas. Nós corremos para o quarto do oratório amedrontadas e acendemos vela e tia Nhá Bá mandou Ricarda que fosse correndo na casa da serra chamar meu avô, que viesse cá em cima, depressa.

Na frente do Zezinho a lousa, os números e a palmatória forçaram; afinal, a porta do entendimento. Acertou a conta e entrou para sempre no mistério da divisão. Tinha terminado a escola. Foi para casa e passou a tarde toda com as mãos dentro de uma bacia com água e sal. No dia seguinte tinha os dedos abertos e as mãos inchadas até os cotovelos mergulhados no colostro.

Minha tia Laudemiria, aquela noite, conversou longamente com meu avô. Tinha resolvido se mudar para a cidade levando o filho, mesmo sem poder. Meu avô quis objetar, dissuadir e acabou concluindo: "Você é mãe...".

Dali a duas semanas ela deixava o sítio a cavalo, montada no seu silhão de dona e o filho no Peri. Gente de confiança acompanhava trazendo o cargueiro das canastras e uma carga de mantimentos. Dias depois minha tia alugava uma casinha modesta na cidade. Tirou da canastra a velha máquina de costura tocada na manivela. Ajeitou a tesoura de cortar, uns antigos figurinos e uns antigos moldes. Ajeitou a casa como pôde e procurou encaminhar o filho.

Matriculou Zezinho na escola pública do mestre Gabriel Patroclo e que funcionava no cais do rio Vermelho, numa sala de porta e duas janelas com vidraças de malacacheta. O menino tomou lugar no último banco do fundo que era dos atrasados. Houve muito cochicho e risinho da gurizada por causa do menino que vinha do sítio, vestia roupa de roceiro e calçava botina de elástico chiadeira, enquanto os da cidade iam descalços ou de chinelos que na saída correndo, brincando, jogando pedras, carregavam debaixo do braço.

A escola tinha uma série de bancos compridos e sem encosto. Banco dos adiantados na frente. Depois, eram os bancos dos médios, por último, no fundo da sala, eram os resíduos.

O mestre era o tipo perfeito do pedagogo daquele tempo. Trigueiro, atarracado, de bigode ralo, falava de soco e nas conversas triviais gostava de empregar termos eruditos. Sempre metido na casimira, bengala de castão de prata, chapéu duro, bem engomado, cadeia de ouro, bom relógio – diziam que ensinava bem. Nenhuma admiração causava ali a palmatória numa evidência pedagógica. Fazia parte da disciplina escolar e ninguém via naquilo nenhum escândalo ou contradição.

Alguns pais quando assentavam o filho na escola (não se dizia matricular e sim assentar, fazer o assentamento) inda porfiavam em recomendar: "Casque-lhe os bolos, mestre". O mestre Patroclo tinha na sua escola um aluno auxiliar, escolhido dentre os mais adiantados, com a denominação expressiva e curiosa de "decurião". Aliás, todas as escolas antigas tinham esse decurião, inclusive o próprio Seminário de Goiás, no tempo do sr. Dom Eduardo, de feliz memória. Competia ao decurião a regência da classe na falta do mestre ou mesmo com a presença deste, estribado, decerto, no bom latim docente-discente. O decurião tomava e passava as lições e fazia argumentação em dia de tabuada. O mestre supervisionava. Naquela tarde o decurião começou a tarefa de argumentar sobre contas multiplicadas com números variados, problemas ligeiros, requerendo pronta resposta.

Dirigia-se ao primeiro, se errasse passava ao segundo, e quem acertasse tomava a dianteira; quem errasse passava para trás e ganhava bolos.

Assim, automaticamente, argumentava a classe toda num teste de capacidade, memória ou competição intelectual esportiva – como se diz hoje. Certo argumento apresentado não alcançou resposta exata entre os adiantados; passou para os médios que também não souberam responder certo. Então, foi parar, por mera complacência de rotina e alguma ironia, no banco dos atrasados e o Zezinho já tinha a resposta certa na ponta da língua.

Saiu do banco de trás, passou pelos médios e tomou o primeiro lugar na frente dos adiantados, com espanto da classe e admiração do mestre. Na semana seguinte ele tinha tomado o lugar do decurião e com o direito, ainda, de usar a palmatória.

O mestre Patroclo depois de aposentado contava para quem quisesse ouvir que foi aquele menino – Zezinho – o único decurião de 10 anos que teve sua escola.

Estava resgatado o tio Fidelcino e a comprovada excelência de sua palmatória.

A Menina, as Formigas e o Boi

Sempre gostei de olhar carreirinha de formiga. Seus movimentos. Suas constâncias. Acho que aprendia muito com elas, que formiga muito ensina. Aquele vaivém continuado, aquele poder. Suas cargas pesadas, todas coletivas, intencionadas. Carregos de coisas misteriosas, fanicos, indistintos. Elas sábias, instruídas, sagazes.

De menina, debruçava na terra, olhava. Acompanhava. Criava estorvos. Interditava. Cacos cheios d'água, depois dava ponte. Derrubava, elas nadando, emboladas. Salvava. Repunha. Malvadezas de criança. Vezes outras trazia agrados. Punhados de farinha grossa. Espalhava no carreirinho delas. Recolhiam grã a grã. Vassouravam, levavam tudo para sua casa subterra. Eu inventava coisas. Entrava com elas casa a dentro. Belezas. Jardim, mesas, cadeirinhas, redinhas. Crianças formigas balançando. Brincando de roda, cantando "Senhora dona Sancha". Eu com elas.

Em casa misturava essas coisas. Contava. Afirmava. Tinha entrado na casinha delas. Os vistos. Recontava. Jurava. Minhas irmãs gritavam: Mãiee... Aninha já évem com a inzonas dela... Vem vê ela... Mãe vinha altaneira.

37

Ralhava forte. Me fazia calar. Tinha seus medos. Fosse tara. Um ramo de loucura, eu sendo filha de velho, doente. Meu Pai mortal quando nasci.

Eu era menina boba. Tinha medo da morte, ficar piti--cega, doente, feridenta, sendo filha de velho. Corria para minha bisavó. Ela era boa. Consolava. Todos viam em mim a velhice e doença de pai. Morreu quando eu nasci.

Eu era assim sardenta, diziam: cara de ovo de Tico-Tico... Chorava. Perna mole – caía à toa. Inzoneira... Não sabia o ser da palavra. Doía só eu. Minhas irmãs não, nenhuma era inzoneira, só eu.

Acreditava no capeta, tinha medo que entrasse no meu corpo. Acreditava – boneca de noite vira gente pequenina. Dão bailes, fazem suas festas, comidinhas, arrumavam suas casinhas. Levantava sutil, ia ver. Depois contava. Tinha visto coisas... Aí Dindinha teve dó de mim. Ralhou forte. Arrazoou – deixassem dessa conversa – filha de velho doente, me faziam parva...

Esse e outros temas de gente grande eu ouvia e fui guardando, fazendo segredo das bonecas, da minha ida constante à casa delas, da intimidade com as formigas. Situei um porãozinho dentro de mim escondido, maliciado.

Não falava mais. Escondia meus achados. Tia Joana veio um dia, me agradou, me deu um vintém, disse – coitadinha – órfã de Pai. Guardei a palavra. Eu era órfã de Pai... Tive dó de mim. Chorei escondido.

Nesse tempo descobri um ninho de fogo-pagou no galho da laranjeira. Morei tempo nele. No oculto. Batizei os filhotes. Dei nomes. Eu era madrinha. Meus compadres. Calada, disfarçada. Ia aprendendo as astúcias.

O quintal era grande. Meu mundo. Via o meu Anjo da Guarda, ele me dava consolo, falava do céu, me protegia do capeta. Aprendi a rezar.

E foi que tinha ido as descobertas. Passei no carreirinho delas, reparei. Atravancado, dificultado. Perguntei: tinham achado um boi morto, só que faltava uma perna traseira. Deram conselhos... Mandantes. Escoteiras fossem a ré, procurar, trazer a perna. Estaria de certo lá...

O carreirinho varridinho de suas passagens constantes, baldeando coisas, cargas. Tropeiras, todas. Armocreves – gramática de minha bisavó, ela falava no antigo. Armocreves... guardei.

Agora então, dessa feita, era um boi. Elas todas azafamadas. Aquele povinho escuro, miúdo, incansável, se virando, arrastando, puxando, removendo. Empurra-empurra. Mutirão.

O achado. A caminho, de todo jeito. De arrasto. Carregado. Vai-que-vai... ia. Na ilharga as culatreiras. Vinha. Vinham prazenteiras, ligeiras, na rabadilha. Encontrada a perna.

O grosso estava na frente. Porção delas, festivas. A despensa abarrotada. Suas abastanças. Apareceram demais ajudantes. Avulsas, alvissareiras, esforçadas coletivas.

Mesmo força de formiguinha vale. Vontade decidida exemplar. Aquele povinho inocente, esperto. Diligente, formigueiro. As estafetas, escoteiras na retaguarda. O achado... vinham vindo de vista, até cantavam seus alegres. Todas apressadas. Tivessem medo. Viessem os donos do boi, armassem briga, contenda, dessem guerra, destruição.

Na frente o magote trocando lugares, os pontos. A culatra. A perna separada do boi. Eu atento me exemplava. Aquilo. Aquela correição interessada de todas.

Foi indo e foi dando. Deu. Perdi o prazo das horas. Pensei ajudar. Botar na entrada. Desisti. Deixar tudo por conta de suas diligências. Ficar ali de fiscal curiosa no que se ia dar.

Mãe chamou lá em casa. Surdei. Mãe não tornou a chamar. De certo chegou visita.

O boi, a perna apartada do boi. Aquela província sortida, armazenada, afarturada, mesa cheia garantindo tempo bom.

E foi que chegaram à porta estreita, funil, engenharia, arquitetura delas. Aí, pensei, como vão entrar o boi... Parou o cortejo. Deram chamada. Vieram umas grandonas – modo de dizer – cabeçudas, arruivadas. Dentes, serras, serrotes, ferrão, mandíbulas. Sei... Deram de recortar. Mediram tamanho certo. Perna traseira, perna dianteira, a cabeça repicaram. Arredondaram a barriga. As menorzinhas influídas, puxando para dentro. Sumiam na fura suas cargas, partes recortadas. Armazenavam, entulhavam. Suas barriguinhas cheias, arrotando de certo.

Introduziram tudo. Deram jeito, astutas, diligentes formiguinhas. De comprido lá se foram as pernas. A culatra ovante.

Eu olhando, boba. Aprendendo, que formiga muito ensina. Mestras. Um boi para elas, povinho miúdo de Deus, diligente, influído, achado no carreador, particular delas.

Para mim, menina parva e obtusa, eu via – era um grilo.

O Tesouro da Casa Velha

Mesmo na frente da casa velha, do lado de lá do rio, há mais de duzentos anos, caminhando para trezentos, tomou chegada a Bandeira dos "Polistas". Porto da Lapa – foi chamado o lugar onde desembarcou no dia 26 de julho de 1728 a gente do primeiro Anhanguera. Desembarcou e logo trataram todos de levantar a igreja da Lapa em honra e glória de Nossa Senhora dos Caminheiros que, depois de passadas e erradas sem conta, pelo grosso do sertão, os trazia, afinal, no roteiro certo da tribo Goiá.

Minha bisavó conheceu e contava da igreja. Raça de Bueno, bandeirante, nasceu antes da Independência. Contava quando veio a enchente – 19 de fevereiro de 1839. Ela era de 18 anos e assistiu.

Coisa desastrosa da gente ouvir, contar e chorar de pena. Chorar mesmo, que o povo antigo, minha gente, tinha fôlego de cronistas e sabia pintar bem os passados. A igreja rodou. O sineiro estava na torre tocando, tocando... dando aviso do perigo, pedindo rezas. O povo de longe gritava, fazia sinais que descesse e ele nada de ouvir, só queria tocar. Já tinham tirado as alfaias e as imagens. O homem do sino não deu fé do perigo e lá se foi a igreja arrancada, torre e sineiro rodaram rio abaixo, o sino cada vez tocando mais. Afinal, a igreja se abriu de todo, no lugar da Pinguelona, onde o sino ficou encalhado e o sineiro se achou depois, cheio d'água, agarrado ao badalo. Gente que mora ali perto conta que terça à noite, ainda se ouve o sino tocar, isso quando a cidade se aquieta e as águas ficam dormindo. E a alma do sineiro nunca se afastou do lugar. Aparece em grandes visagens, muito alta e muito branca, crescendo e minguando, aparecendo sobre as águas, se sumindo de repente, repontando nas pedras, esperando que o povo tire o sino debaixo d'água e o reponha no alto da sua torre, que só depois disso, ele, cumprido o seu fadário, terá salvação a sua alma.

Rodou também com a igreja a "Fábrica de Pano Tecido" que era assentada na confluência do Manoel Gomes e Rio Vermelho. Rodou a casa do Francês, casa forte de comércio, onde está hoje o Hotel Municipal. Rodou com todo seu recheio de fazendas, ferragens, louças e pratarias e dizem que muitas e muitas barras de ouro, amoedados, e os lavrados da família. O dono não acreditava que o rio fosse a tanto. Quando viu a igreja arrastada, se afobou e no aperto de salvar sua gente nem tempo teve de arrecadar os valores. Já saiu segurando-se nas cordas de salvamento, escravos com malotes na cabeça, que as águas já iam alcançando o largo da Matriz.

Estava longe por esse tempo a Cruz de Anhanguera, largada no meio da selva. Seria encontrada um século mais tarde. O que havia ali no lugar era uma árvore enorme, esgalhada, redonda, senhora e dona do larguinho, de tronco grosso, cascudo, dando flores roxas todos os anos, pondo vagens roliças e curtas, melosas, de um mel adocicado, um doce que até enfastiava criança que pegava aquilo e que, na falta de nome adequado, era chamada Árvore do Padre Confúcio, porque ficava mesmo na frente da casa dele, no antigo lugar da casa do Francês. Foi ali debaixo daquela árvore que o povo bandeirante se arranchou nos dias da chegada. A sombra era larga e boa, a água encostada e os barcos ligeiros ficavam no jeito para mais descobertas, rio acima.

A casa desta estória vem do século XVIII, foi bem traçada em pedra desconforme e bruta, fácil, encontradiça e braço escravo barato, para levantar com boas amarrações, junto a cernosas e furnidas aroeiras, esquadriadas em grosso. Pelo tempo as reformas foram nenhuma. Aumentações encostadas sem se intrometerem no principal, asseio. (Pintura de casa em Goiás, se diz asseio.) Uma sala forrada de azul mudou-se para o papel cor-de-rosa. Só as goteiras mereciam maior atenção. Nem mesmo a bica d'água – serventia secular da casa, pingando debaixo do assoalho, merecia reparo. A gente se acostumava com aquele desleixo, aquela água vazando, se sumindo terra a dentro, achando seus caminhos secretos, de certo procurando o rio sem danar a garantia dos alicerces.

Foi nessa casa bem alicerçada e de alto porão que viveu e findou seus dias de forma trágica, o senhor Recebedor do Quinto Real, Manoel José Ruiz de Thebas, minha bisavó contava. Não por ela mesma

43

que isso é revelho, de ouvir contar a outra sua bisavó. Vovó Bueno, com sua fala arrastada de "polista", nora de Anhanguera, aquela mesma que na velhice, viuvez e pobreza, teve de repor com seus lavrados e de suas filhas, certa arroba de ouro, pedida pelo velho bandeirante e de cuja dádiva antecipada discordou do Rei de Portugal. História feia e mesquinha que deslustra a generosidade de um soberano e que o cronista custa a recordar.

Certo foi, que na dita casa que ainda lá está, viveu esse Thebas recebedor e mais sua escravatura de serviço e seu escravo de confiança, Venâncio, o que trazia ele bêbado nas costas, no fim das grandes pagodeiras que a gente nem pode achar como existiam naquele tempo, rude e resumido.

História mesmo do acontecido, com H, não encontrei em nenhum papel velho amarelado, mas que existiu, existiu mesmo. Minha bisavó, meu avô estavam cansados de contar, e os antigos eram sempre os donos da mentira e da verdade. Gustavo Barroso, nos seus "Segredos e Revelações de História do Brasil", fez referência a esse Thebas, confirmando de muito o que conto. Na falta do exato, forte e bem configurado, conto o que ouvi e a mais não estou empenhada, que história indagada, perquirida, é difícil na minha cidade com papéis perdidos, roídos de traça e cupim, mofados de goteiras... Nem eu tenho jeito de historiadora. Quem é na minha terra que, sessenta anos atrás, se incomodava de resguardar papelada revelha? Já os ratos, as goteiras e os carunchos tinham arrazado com boa parte dos arquivos. Os sagazes judeus, compradores de antiguidades, tinham levado por pouco dinheiro o mais valioso artigo das casas, sua boa prataria portuguesa, faqueiros e baixelas, mobilário, oratórios e imagens, os melhores lavrados.

Assim, com tantas dificuldades passa a valer o oral bem guardado e melhor contado. Isso que conto apesar das referências, sei que parecerá a muitos história distraída.

Voltando à casa que era mesmo pertencente a esse supradito Thebas, recebedor, e que tinha um escravo de nome Venâncio, continuo a estória. O senhor Thebas Ruiz, apesar do cargo alto e da mais alta confiança del Rei, era dado a grossas pagodeiras que acabavam em jogatinas e bebedices e só voltava para casa carregado como menino nos ombros do negro Venâncio.

E com jogo, comeizanas, mulherio, bebidas, jongos e batucadas, juntadas "coisas e loisas", certo foi que uma alma piedosa – à moda do tempo – passou língua escrita para o Reino. Delator, testemunho falso, caluniador, era mesmo o que não faltava. Muitos queriam mostrar seus zelos pelas coisas santas del Rei. Estes com pretensão de valimento e prebendas. Outros mais invejosos, sofrendo com suas minorias – vingança malsã. Todos ciosos do crário Real, nem outra coisa pensavam senão por esse meio se levantarem acima do seu tampo baixo. Anônimos e assinados não faltavam. Corriam mesmo com mais velocidade do que permitiam o atraso do tempo e a lonjura dos caminhos. Não passaram seis meses de um zunzum abafado, de grossas perdas no carteado, pagos com ouro, não muito do

45

recebedor, já vinha perto o substituto legal e cartas pesadas de obreias para o Senhor Ouvidor abrir devassa, com meirinho na porta e escolta para conduzir o criminoso a outro foral que não o de Vila Boa.

Avisos chegaram também ao Recebedor para que se precatasse sem perda de tempo, se resguardasse do que estava em caminho.

Aconteceu que naqueles retrasados tempos já existia a velha tática jeitosa dos homens se entenderem entre si, contornando suas dificuldades e apagando vestígios de seus malfeitos, se safando, senão com muito garbo, pelo menos incólume de suas astúcias, espertezas.

Foi o que pensou e fez o Recebedor. Arrumou numa grande bandeja forrada e recoberta de linho, pesadas barras de ouro, saquitéis de limpa grã e mais moedas luzentes, valiosos lavrados e, contam os coevos, ia mesmo, junto uma baixela pesada de prata reinol.

E lá se foi o Venâncio, escravo de confiança, com jeito e cuidado levar as ofertas de boas avenças ao colega chegante.

Foi que o substituto devolveu a peita. Consta mesmo que nem levantou a ponta do pano pra ver a quanto ia...

O Recebedor demissionário, a bem dizer, não contava com uma recusa tão seca. Sabia dos homens e esperava certa brandura que melhorasse a dureza da situação. Com a torna da oferta, conheceu que estava perdido e com o Limoeiro pela frente. Resolveu seu destino.

Tomou todo o ouro restante que havia na casa e mais o devolvido e mais prataria e lavrados. Fechou tudo numa arca de boa cabiúna preta, atarrachada de grossas ferragens de forja. Pelo alçapão que havia na sala desceu a escada com o escravo para o chamado armazém.

Ali, em lugar incerto e jamais sabido – profundezas da terra, pé de esteio ou buraco aberto nos alicerces, recomposto, despistado, encafurnou o guardado, *per omnia saecula saeculorum. Amen.*

A casa anoiteceu e amanheceu fechada.

Seu Thebas fugiu... seu Thebas fugiu... O negro Venâncio fugiu... Fugiu carregando o resto da ourama do senhor... Houve até quem ouvisse o trote puxado de mula, alta noite em saída desviada da cidade. Teve quem avistasse o negro correndo com o quibungo na cabeça e a malotagem do senhor na cacunda...

Quando chegou o senhor Ouvidor, o Provedor, escrivão, meirinhos e testemunhas e arrombaram a casa em nome da Lei o que encontraram mesmo na sala bem composta foi seu Thebas Ruiz, morto arroxeado e já fedendo. O escravo Venâncio, morto, retorcido, encolhido, e ainda um resto de veneno, pó branco, misturado, na caneca de loiça do Recebedor e na cuia do escravo.

De ouro mesmo nada se achou. Nem ouro nem prata, nem os escravos que tinham se dado alforria, desaparecendo da Vila.

O corpo do negro foi levado no banguê, jogado na vala, muito fuçada de porcos e procurada pelos cachorros da cidade, no cemitério dos escravos que os urubus atentos vigiavam e donde, conforme dava o vento, vinha um cheiro de podridão. Esse cemitério era pra baixo do campo da Forca, nuns desbarrancados, atrás da igreja da Abadia.

Já para enterrar o Recebedor, deu mais trabalho. Reunião e consultas. Foi ouvido o Senhor Provedor, o vigário da vara foi consultado. Revisou-se o livro de Regras. Caso grave – devia o corpo do Recebedor ser levado ao Sagrado ou não. Acenaram judiciosamente que, sendo ele morto de mãos próprias, sem confissão de seus pecados nem absolvição de igreja, era como tal, alma danada sem direito ao Sagrado. E foi enterrado do lado de fora da igreja Matriz.

A casa, fechada e selada conforme a Lei, foi adjudicada à Fazenda Real em autos de perdas e conforme o disposto das Ordenações do Reino. Muito tempo depois, com audiência do Senhor Ouvidor, foi posta em Hasta Pública e arrematada pelo Sargento-mor, José Luis do Couto Guimarães. E o dinheiro recolhido, ao erário Real.

Esse Sargento-mor era homem abonado, dono de escravatura que mineirava seu ouro nas Terras do Vaivém, bem feitorizado e vigiado por seus muitos banda--forras, humildes e obedientes. Vinham seus mineirados aos sábados, em surrões de couro. Era medido e pesado, levado na Casa de Fundição, donde voltavam em barras afiançadas, descontado o quinto real, sendo que boa parte vinha em dobrões para o gasto do ordinário.

Mais tarde foi o Cônego Couto, filho desse Sargento-mor, o dono da casa. O Cônego, pelo muito relatado, devia de ser rico, abastado. Tinha dignidade de Cônego e o cargo substancial de Tesoureiro da Real Província.

Gastava em moedas e balanceava seu ouro remanescente. Esse, contava meu avô, minha bisavó, quando em conversas na casa se referiam ao tesouro do Thebas, ouvia calado e resumia o contado: eu nada guardei, nada procuro. Morto o Cônego, foi a casa em cédula de testamento, passada para meu avô e mais bens – fazenda Paraíso, casas, outras escravaturas.

Com a morte do tio Cônego, meu avô passou-se para a fazenda onde labutavam nas roças, nos campos e nos engenhos seus muitos escravos.

Pelos fins de um mil oitocentos e oitenta e tantos, chegou a Goiás, nomeado por decreto do imperador o Desembargador da Província, Dr. Francisco de Paula Lins dos Guimarães Peixoto que adquiriu a casa de meu avô e acabou se casando com minha mãe, viúva de um primeiro matrimônio.

Meu pai nunca se interessou em procurar o guardado, morrendo pouco tempo depois, deixando duas filhas.

Hoje a casa pertence a herdeiros distantes que também nada procuram.

Por quê? – perguntará o leitor apriorístico. Razões físicas e psicológicas – respondo.

Primeiro: o porão que conheci com a denominação de armazém, fechado a cadeado, é muito vasto. Todo o corpo da casa se assenta sobre ele. Alto, com meia claridade e ventilação. Porta de entrada, largos paredões de pedra. Fico tomada por uma estranha sensação de desalento quando entro nele com a ideia no tesouro. Acredito mesmo que esse desconforto espiritual tenha atuado nos antepassados que me precederam ali com pensamento de pesquisa.

Segundo: analisando bem, sempre existiu psicologicamente nos herdeiros um estado emocional, saturação inconsciente por aquele contado, sempre repetido, ouvido de outras gerações que a gente escutava desde criança, meio lenda, meio realidade. Tudo amornado, esmorecido ante a inércia inoperante dos adultos e as carências constantes e presentes da casa.

De mais a mais a gente mesmo do passado e do presente tem sido inibida por uma superstição corrente em Goiás. Superstição tão forte e tão absoluta que um, que eu nem sei se conheci, mandou fechar o escravo debaixo dos baldrames, já o moringão à vista, ao alcance das mãos. Mandou entupir tudo, enérgico e forte. Cacos, pedras e paus em cima, tijolo e cimento recobriu. Não queria o achado e passou língua que ninguém triscasse naquilo.

O certo em Goiás é, que o dono mesmo da casa, que procura, acha e aproveita enterro de ouro acontece desastre ou morre logo.

E como a vida, mesmo com suas muitas contradições, é boa e a gente a quer bem longa, ninguém vai arriscar. E os "enterros de ouro" vão ficando nos seus escondidos e só o acaso promove algum encontro que os estranhos desinibidos aproveitam.

50

Das Coisas Bem Guardadas e suas Consequências

"Guardar fora de alcance das crianças" era a preocupação dos adultos, antigamente. Havia pelas casas grandes armários que só com escada se alcançava as últimas prateleiras e onde se esqueciam de velhas coisas.

Cabides de parede, cobertos com uma tábua que servia de prateleira e que as pessoas, para alcançar, subiam numa cadeira e levantavam os braços. Fora, portanto, de qualquer tentativa de criança. Portas fechadas, gavetas trancadas, quintais cheios de frutas, com altos muros entelhados e de que, propositalmente, se perdiam as chaves dos portões.

Até as latas de açúcar eram sonegadas. Muito comum a gente ouvir quando pegava um torrão: "Larga esse torrão, menina, por isso é que você está amarela e lombriguenta... de tanto comê açúcar...".

Mentira. A gente não comia açúcar nenhum; tinha era uma fome desesperada de doce. Vivia tudo debaixo de chaves e o molho delas, de portas, armários, cômodas e gavetas, na cintura de quem mandava.

51

As mulheres daquele tempo vestiam saia e paletó. Todo vestido era de duas peças. Pegava-se o molho de chaves, enfiava-se a maior dentro do cós e a penca ficava de fora, pendurada. Havia imensa preocupação com as chaves. Blusa só era usada pelas moças. As casadas gostavam muito era de paletó branco engomado, enfeitado de rendas ou de bordado. Comprido até os quadris, recortado de quartinhos, modelando o corpo na cacunda e fofinha na frente; gola abotoada no pescoço e mangas compridas, terminando em babadinho. A saia era sempre escura, de merinó ou chita forte alemã, descendo até os pés e rodada. Tinha maneira, atrás ou de lado, e pontas para amarrar.

Colchetes... elas refugavam. Eram muito perigosos. Podiam arrebentar, a saia cair e o mundo vir abaixo. Nada como as boas tiras de traspasse. As mulheres que trabalhavam no duro andavam em mangas de camisa.

Andar em mangas de camisa era uma expressão completa e dizia tudo. Contava minha bisavó que, antigamente, dentro de casa todas as donas andavam mesmo assim e que minha avó, casada de novo, também andava em mangas de camisa e, perluxenta, trazia um lenço de seda no pescoço, seguro por um broche de ouro. Uma beleza...

Tais camisas, no contar de minha bisavó, bem compridas e bem anchas, eram trabalhadas e caprichadas. Eram de talho quadrado ou redondo, volteando o busto, donde saíam as mangas que eram curtas e de quadrinho no sovaco.

Em geral, os talhos, assim chamados, eram de crochê, bordados ou rendas, em desenhos variados, com pregamento de repolego, uma ou outra com franzidos de barafunda ou repuxados de pregueté; e pontinhos estutos de pega-lá, pega-cá. Muita preocupação de economia e duração indefinida de tudo. Para melhorar o orçamento da família e atingir esse objetivo, se fazia a chamada *camisa de cabeção*. A camisa de cabeção, os remendos e os cerzidos mereciam louvores dentro do lar, tal a perfeição com que eram executados, sem esquecer seu espírito de poupança. Eram mesmo tábua de avaliação dos méritos femininos.

A camisa de cabeção... Essas, então, foi o monumento da antiga prosperidade goiana. A parte do corpo que aparecia era de linho, morim ou madapolão e a fralda, como se chamava a que desaparecia debaixo das saias, era de algodão cru, encardido e grosseiro, que há cinquenta anos, custava dois mil e quinhentos e três mil réis a peça de dez metros e que no tempo de minha bisavó era tecido no tear.

A camisa de cabeção tinha figurinos e costureiras especializadas. Costuravam-se as duas partes separadas. Embainhavam-se as extremidades e fazia-se o pregamento a mão, chuleando.

Resolvia-se com o cabeção o conflito doméstico, da boa aparência e da ótima economia.

NOTA: A camisa de cabeção não foi privativa de Goiás. Todo o velho Brasil feminino vestia sua camisa de cabeção, no Norte, no Sul e no Centro. E pelas mesmas razões econômicas. Gilberto Freyre, nas anotações do seu livro *Casa Grande & Senzala*, se refere a ela. Até o anedotário que a acompanha é idêntico em Goiás, no Nordeste e no Sul. Acreditamos que a camisa de cabeção represente apenas um símbolo dessa formidável unidade de língua, de hábitos domésticos, de costumes sociais e econômicos que a colonização lusa conseguiu implantar na vastidão do Brasil.

Voltando ao hábito de guardados. Certa casa em Goiás, nos velhos tempos, casa-grande de muita gente e de muita criança, guardou um dia, bem guardado, um requeijão fresco. Brando e amanteigado, tinha vindo de presente, do Ourofino, na sua clássica forma de casca de bananeira.

Foi bem recebido, cheirado e exaltado. Todos consideraram que era um excelente requeijão. Foi acomodado dentro de uma terrina, funda, grande e pesada, de louça azul-pompinho, coberto com uma tampa, também pesada e que tinha um corte de fabricação por onde passar o cabo da concha de servir.

Assim, bem agasalhado e precatado, lá se foi com a sopeira para o alto de um desses famigerados cabides de tábua, numa alcova de pouco movimento, à espera de um onomástico para ser partido.

Perto do cabide ficava uma mesinha capenga, desfrutando merecida compulsória. Sobre esta, um velho oratório desmerecido, asilando uns santinhos mutilados de quem não mais se esperavam milagres e que não se botavam fora por um resto de respeito e medo de castigo.

Acontece que o gato da casa, um mourisco preguiçoso, ladrão e boêmio, afarturado dos ratos e desejando uma justa variação alimentar, farejou o guardado. Olhou, rodeou e tentou a escalada. Fez o primeiro lance, do chão para a mesa. Arqueou o espinhaço, miou, não viu ninguém. Então, foi o pulo com estilo e alcançou o cabide. Cheirou a terrina pela pequena abertura. Quis afastar a tampa com as patinhas; pesada e lisa, essa nem se mexeu.

Aí, o gato, gaiato e desaforado, virou o traseiro com cinismo e verteu dentro da sopeira. No dia seguinte, voltou e fez o mesmo. E mais hoje, e mais amanhã, e mais depois... O gato acostumou-se com aquilo. Gato é assim mesmo, acostuma com suas gatezas.

Dias depois, o pessoal da casa começou a sentir uma catinga enjoada. É disto... é daquilo... É rato morto no buraco... é coisa podre no estuque... é carniça que urubu deixou no telhado.

Olha que olha, procura que procura. Afinal, foram até a sopeira, desceram-na pra mesa.

"A coisa é aqui, Mana", gritou uma das governantas.

Mana veio, viu, torceu o nariz e juntou as mãos.

O requeijão bem guardado estava daquele jeitinho... fervilhando de tapurus e tinha estufado até a tampa.

Todo o pessoal da casa correu para ver, e a criançada pasmada, fazendo roda e olhando. Mana, então, muito boazinha, levantou penalizada.

"Que pena não ter partido ele pras crianças..."

O Capitão-mor

O capitão-mor, mestre de campo, tinha desaparecido, misteriosamente, da cidade. Ninguém sabia dele, nem para onde tinha ido, era o zunzum das ruas. Foi visto pela última vez atravessando a ponte do Carmo...

Corria qualquer coisa... visitas fora de hora a uma casada, de marido fero que sempre andava por longe, mineirando seu ouro, recoveiro, com suas bestas carregando ouro alheio.

Tinha seguido em diligência para os fortes de Mato Grosso – diziam. O Quartel achou mais prudente aquietar com o caso. Família ele não tinha aqui, nem mesmo parente ou aderente. Falavam que sua gente era da Bahia, mas ele mesmo tinha vindo foi de Cuiabá.

Desapareceu inesperadamente, metido na sua farda. Algum crime?... Alguma vingança?... Alguma emboscada?... Coisas difíceis de apurar naquele tempo, com a cidade rodeada de bugres e quilombos de negros por toda parte. Algum índio, mancomunado com um escravo devia ter tramado a perdição dele. Fuga... seria impossível. Suicídio... sempre se acharia o corpo. Morte violenta? Deixaria um rastro, uma pista.

Passado o tempo regimental da espera, dentro e fora de Vila Boa, foi dada no livro competente de Folhas e Baixas do Quartel-mor da Cavalaria Real a seguinte nota:

"Obs.: capitão-mor, mestre de campo: Aleixino Teotônio Tordovil Durado – Desapareceu deste Regimento, no dia 29 de julho de 1789, vestido com seu fardamento de 1º uniforme. Inculcas infrutuosas".

Com pouco mais o caso estava esquecido e o quartel mesmo punha pedra em cima. Era melhor que ninguém mais falasse naquilo. E ninguém mais falou.

O capitão passou para muitos ter voltado para Cuiabá. Pessoa vinda dali afirmara mesmo ter estado com ele em Cochim.

Não houve pai nem mãe, nem mulher, filho, irmão, amigo ou parente que procurasse por ele, que pedisse notícias. Os anos se passaram. A corporação militar a que ele pertencia passou por reformas várias e acabou desaparecendo. E o quartel mesmo teve outro destino. As gerações que vieram depois nunca mais ouviram falar do capitão sumido. Quando, por acaso, se tocava no assunto, este era tido como lenda, contada pelos antigos e se concluía por sua volta para Cuiabá, numa missão secreta de alçada. Mensagens ásperas trocadas entre altos magistrados, a propósito de doze arrobas de ouro que a Casa da Fundição de Vila Boa devia entregar anualmente, por Carta Régia, para o Provedor das Casas dos Quintos daquela cidade, atendendo a deficiência de suas residas. Era sempre o capitão-mor a pessoa indicada para portar essas epístolas, pesadas de obreias e nem sempre amistosas, onde turravam cheios de reverências, à moda antiga, e a propósito de arrobas de ouro, o senhor Ouvidor das minas de Vila Boa e o seu colega, o Ouvidor das minas de Cuiabá.

Um século mais tarde, na Cidade de Goiás, na antiga Rua Joaquim Rodrigues, depois 13 de Maio, atualmente Joaquim de Bastos, quando foram desmanchar a parede interna de uma casa velha para suprimir uma alcova escura e alargar uma sala pequena, acharam, dentro do paredão demolido, numa estacada de aroeira, duas tíbias, ligadas a um torno com pedaços de correntes com os braços algemados para trás e uma mordaça de ferro metida entre os maxilares quebrados, um esqueleto de homem, ainda com pedaços de farda, restos de galão e dragonas de canutão. Do antigo oficial-mor, graduado.

As Capas do Diabo

Monsenhor Chiquinho Xavier era goiano. Estudou no antigo Seminário do Ourofino, no tempo do Senhor Dão Cláudio, Bispo de Goiás, de gloriosa memória. Dão Cláudio, depois de muitos anos do seu múnus apostólico, cansado do pastoreio de um rebanho escasso, espalhado por uma diocese encore e despovoada, entregou seu cajado de pastor, recolheu-se à cela humilde de seu convento e ali morreu como pobre e obscuro padre lazarista.

Monsenhor Chiquinho viveu longamente. Foi vigário de Corumbá durante 50 anos. Fez suas bodas de ouro sacerdotais e foi um padre digno do seu ministério, todo ele devotado à igreja e aos seus paroquianos. O nome do glorioso lazarista nada tem com esta pequena estória.

É aqui lembrado pelos benefícios que praticou em Goiás numa era remota, paupérrima e difícil, descobrindo e incentivando vocações, estudando e ordenando jovens goianos pobres que foram padres excelentes e modelares.

O nome de Monsenhor Chiquinho nada tem a ver com esta pequena estória; entra aqui pela glória do seu apostolado e porque era sobrinho e afilhado da Senhora Dona Manoela Maria de Magalhães e Távora de Taborda, fazendeira das maiores que vivia nos seus feudos roceiros, entre Capelinha e Nazaré, nos fundos de Anicuns, ali por volta de 1865.

Tinha essa senhora, Dona Manoela Maria de Magalhães e Távora de Taborda, terras e gado, pastos e canaviais. Escravos e cambembes trabalhavam nos seus eitos, moviam seus engenhos, marcavam suas crias, lavravam suas roças. Comiam da sua paçoca e viviam do seu pirão. Recebiam suas pagas, certas e regradas, isso os cambembes e agregados. Já aos cativos eram dadas, duas vezes por ano, mudas de camisa de baeta vermelha e sungas grossas de tear.

Por graça e regra da nobre senhora, eram-lhes separadas nesgas de roçado, onde plantavam suas mandiocas e batatas-doces. Domingos e dias santos eram relevados. Depois de ouvida a missa na capela, eram livres. Podiam andar pelos matos, caçar com seus mundéus, pescar nos corgos e alagados; e de noite, acender fogueira e fazer seus quibungos no terreiro e, ao som dos maracás e de atabaques, dançar o jequedê e o batuque.

Dona Manoela era pontual, metódica, cuidadosa e boa. Guardava os preceitos e tinha caridade.

Um escravo de confiança, de nome Fidêncio, era o feitor do terreiro da fazenda e uma escrava de nome Roxa, mulher desse mesmo feitor, era encarregada de reger a casa e feitorizar o serviço caseiro das escravas. Essas faziam de tudo. Da mangueira ao coalho, da farinhada às gomas diversas, dos tachos de refinar aos pesados pilões, onde se socava de três, conjugadamente. Na cozinha enorme não faltava fogo na fornalha, nem panela cozinhando.

O forno ali estava, sempre provido de lenha para assados e merengues, roscas e biscoitos, e mulheres para tudo isso.

Da copa para dentro, nos estrados de costura e nas esteiras, eram as mucamas novas e novatas aprendendo e executando serviço fino, compenetradas e atentas, silenciosas, de agulha e dedal, cada hora se movendo para lavar as mãos e não enxovalhar a costura. Eram bordados e crivados, tudo no linho, caprichado, esmerado, perfeito. Vinham peças de bramante da Corte, dentro de grandes caixas envidraçadas. Enormes meadas de linha sedosa, branca e em cores delicadas, eram componentes inseparáveis. Linhos diversos, telas finíssimas, outras de larguras inéditas, destinadas aos lençóis, às fronhas e às toalhas. Tudo o bragal da casa, vasta e aparatosa, era trabalhado com perfeição. Toalhas e fronhas tinham coplas bordadas, temas amistosos, versificados, alusivos aos senhores cônegos que rezavam a missa cada mês, parentes de alta estima, compadres e afilhados de boa proscípia e alta linhagem que vinham ali homenagear, solicitar favores, tomar ares, convalescer, e se faziam hóspedes de honra, com primazias de cabeceira, copos e talheres de prata na farta mesa senhorial.

Dona Manoela tinha mandado pedir ao seu correspondente da Corte que lhe mandasse uma peça da mais fina holanda que ali fosse encontrada.

Meses depois, chegava o pedido. Coisa fina de ver. Dona Manoela mandou cortar, daquele cabedal, uma vasta camisa de chimango e duas saias brancas de baixo. Encaminhou aqueles cortes para o estrado, com recomendações do maior apuro e perfeição. Tempos depois, terminado o trabalho, em costuras, cheios, abertos e barafundas, perfeitamente acabados, Dona Manoela louvou aquele trabalho em curtas falas e mandou que a escrava guardasse tudo, como estava, no escaninho de segredo, da grande arca, do canto da sua alcova. Ali aquelas peças deviam permanecer à mão. Eram elas para seu corpo, depois de morta.

Faziam parte de sua mortalha de adamascado de seda roxa que há tempos mandara costurar e que lá estava dobrada, dentro de uma toalha de linho com pedras de cânfora. Que ninguém mais bulisse naquilo, até o dia de sua morte. Foi a palavra final.

Era a festa do Senhor Divino Espírito Santo em Anicuns. Festa de pompa e de arromba, de imperador, capitão do mastro e alferes da bandeira, cabendo sempre tais honras e mercês, a gente de prol e recursada do lugar. Festas de novenas, tríduos e procissão, fogueiras, lanternas e luminárias, levantamentos de mastro, folias, congadas, danças de taieira, corridas de cavalhadas e fogos de vista.

Na casa do imperador, rico trono de veludo e baldaquino franjado de ouro, com a coroa e o cetro; mesa posta, doçama derramada, pipas de vinho e bebidas se perdendo.

Gente de toda parte corria para Anicuns a pagar suas promessas, cumprir com os preceitos, batizar os pagãos, acertar situações íntimas, crismar seus meninos, fazer desobrigas. Outros iam só festar, não poucos comprar e vender. Pela volta da igreja e no arruado de barracas, trançadas de palmas e de ramos que recresciam a vila por todos os lados, era o colorido vivo e alegre da feira sertaneja.

Meses antes, ninguém mais fazia negócio. Pagamentos, tratos, cobranças e recebimentos, tudo era adiado para "depois da festa". Moradores das mais desconhecidas bibocas, de perdidas luras de pé de serras afastadas, deixavam seus ranchos, seus sítios e taperas e vinham na caminhada, em demanda de Anicuns. A grande romaria veredava, cortando rumos e atalhando pelos baixios onde houvesse água. Famílias se agrupavam, velhos conhecidos se encontravam.

Uma multidão mesclada, suja, empoeirada, homens, mulheres e crianças. Velhos capengando, aleijados, cegos tropeçando pelas mãos de meninos.

Fazendeiros passavam em cavalgada, mulheres, fazendeiras, montadas em ricos silhões de veludo ou camurça, moças e moços, tomavam a frente, joviais, levantando poeira, merendando, comendo suas matulas pelo caminho, tomando pouso festivo nas fazendas de parentes e de amigos.

Passavam antigos banguês de gente idosa, carregados por escravos. Os pobres se socorriam uns aos outros, revezando-se em matungas escaveirados, de pés no chão, sobrecarregados de peso. Vinham de longe, trazendo doentes na rede, outros arrastavam seus paralíticos, em couro de boi. Hidrópicos chagados, maleitosos, papudos, anemiados, mazelentos. Vinham todos no mesmo sacrifício coletivo, trazer suas ofertas, pedir o milagre de uma cura, a esperança de melhoras.

Antolhava a distância, a grande fé religiosa.

Centenas de carros e carretas, ajoujados, rechinavam abrindo sulcos profundos, no esforço das rodas e dos bois. Seguiam as tropas com seus chocalhos retinindo e escravos tropeiros, de baeta e sunga, tangendo os lotes.

Anicuns recrescia, redobrando seus fogos.

Dona Manoela aquele ano não se sentiu com ânimo de viajar, nem mesmo no seu grande banguê costumeiro, tirado nos ombros de seus negros possantes.

Deixava-se ficar na fazenda com sua água de flor de laranjeira e sua melissa costumeira. Mandou que, pela santa devoção, fossem os escravos, ficando alguns poucos no serviço do terreiro e dos currais.

Que o feitor levasse cargas de açúcar, farinha e carne-seca, e mercasse como faziam todos. Tomasse tento na negrada... aquele que bebesse de cair e fizesse desordem, lá mesmo fosse vendido pra gente de longe.

Roxa que não perdesse de vista as mucamas, raparigada nova e asseada; não deviam faltar às missas e todas fossem ouvidas de confissão.

Roxa, ainda aquelas costuras no estrado e ela, tentada. Uma turvação na ideia, um pensamento refalsado não se despregava dela, dormindo com ela, acordando com ela. Apalpava, cheirava aquelas prendas. Vestia-se com as brancuras daqueles panos, de noite, acordada, sonhando. Um grande medo de ser vendida e o desejo tentador. Sabia do castigo se fosse apanhada... Ali não era o tronco nem o relho, nem a palmatória. Era a venda para outro dono, bem longe.

Roxa, escrava de dentro, entrava e saía em todos os quartos e alcovas. Sorrateira, entrou na grande alcova, abriu a arca pesada, virou o fecho do escaninho, retirou as peças e levou consigo. Saiu disfarçando. Enfiou no quitungo onde levava suas mudas de festa. Tomara a bênção à Sinhá.

Os cargueiros saíram na frente, os escravos tangendo e as escravas, com seus mafumbos, no coice da mula.

Na vila estava tudo trancado, mas o pedaço de largo que competia a Senhora Dona Manoela de Magalhães e Távora de Taborda lá estava, reservado para sua gente. Fidêncio bateu a barraca de pano grosso, no claro do largo, do lado da sombra. Desceu a carga, abriu as bruacas de mantimento e tratou de mercar o que trazia da fazenda. Mandou que os negros fossem encostar a tropa na aguada, enquanto as escravas cuidavam das panelas.

Dentro da barraca do feitor, igualada com o travessão, era esticado o cordãozinho de regra, onde as mulheres dependuravam suas roupas de trocar. Roxa abriu o quitungo, tirou e estendeu com cuidado a camisa e a vasta saia bordada, franzida em tufos engomados e que era para vestir a Senhora Dona Manoela, depois de morta.

Roxa ia vestir aquelas peças depois da novena e nos quibungos do largo, sapatear no jongo, cantando toadas africanas, erguendo a saia de cima e mostrando a saia de baixo, maravilhosa. Nenhuma ali estaria como ela, nem as brancas mais ricas...

No final da novena, vieram os fogos, cruzando e recruzando por cima das barracas. Pipocavam, rebentavam, estouravam em lágrimas de cores. Buscapés escorraçavam o povo para os lados; mulheres, homens e meninos corriam às doidas. Ardiam grandes fogueiras. Luminárias em casca grossa de laranja-da-terra, cheias de azeite, e pavio aceso, faziam desenhos pelo largo.

Pois não é que nesse estourar e repinicar de fogos, vem mesmo um foguetão com o capeta sentado em cima, sobe, desce, cresce, risca e acende às doidas, mesmo do lado da barraca onde estava a Roxa e vai estourar na linha do cordão?

Abre um rombo no pano e pega fogo nos linhos de Dona Manoela.

Acode... acode... apaga... apaga... não foi nada, não foi mesmo quase nada. A barraca nem saiu do lugar e o rombo se consertava, só que as duas peças de linho de Dona Manoela estavam encarvoadas e requeimadas, salpicadas de furos negros. Roxa se desesperou de voltar, arrancava os cabelos, torcia os braços, meio louca, entrouxando a roupa. O parceiro sem entender, a negrada moça, ressentida, nem tinha começado a festar.

Mal conseguiram que ela se acomodasse, passasse a noite ali, e saíssem de madrugada. Fidêncio entregou a barraca para outro negro afiançado. Acompanhou a mulher, sem atinar com a razão daquilo, desconfiado, estranhando a companheira.

Dona Manoela se espantou quando viu o feitor, a mulher e as mucamas de volta. Perguntou. Fidêncio contou o caso do foguetão que estourou em cima da barraca, abrindo rombo.

Pareceu a Dona Manoela que só aquilo não seria o motivo da volta... Não disse nada. Saberia depois...

Enquanto Fidêncio dava conta do sucedido, Roxa entrava e saía pelos quartos, um espanto nos olhos espasmódicos, tremuras pelo corpo e jeito aloucado. Deu uma volta e entrou no quarto dos arreios, tirou um chiqueirador de couro de anta. Com o rabo do olho Fidêncio acompanhava os passos da mulher. Viu que ela procurava o portão e sumia-se pelo quintal.

Bateu atrás. Viu a companheira subir num grosso cajueiro. Escureceu-lhe a vista ao tempo que saía na sua frente um bode todo preto e que falava:

– O que tem de ser feito, que se faça já... O que tem de ser feito, que se faça já...

E ia rodeando, ia investindo, marrando, atrapalhando, de patas levantadas, cabeceando, falando:

– O que se faça já, que se faça já...

Aí, o Fidêncio gritou:

– Divino Espírito Santo...

O bode deu um estouro e desapareceu.

Fidêncio correu para o cajueiro. A mulher, já morta, balançava na ponta do chiqueirador com a língua de fora.

As Almofadas de Dona Lu

Conheci há tempos uma senhora que se chamava Dona Lucinda. Para o marido era ternamente Lu e para os da roda, Dona Lu.

Dona Lucinda veio ao mundo com uma arte ingênita e inspiração irresistível de fazer almofadas, exatamente no tempo em que era requintado o seu uso. Tinha a mania desse inútil pertence. Espalhada na vastidão de sua casa sem criança, Dona Lu contava, com orgulho de seus dedos mágicos, trinta e duas almofadas diferentes, afora os dois monumentais e bem estofados e bem enfronhados do leito conjugal.

De cima das cadeiras e nos encostos, no assoalho, em todas as direções, na entrada e na saída, tolhendo os passos, e atrapalhando as pernas, estiravam-se, quadravam-se, ou arredondavam-se as almofadas da boa senhora.

Mania interessante que me deixou sempre na dúvida de como a gente se comporta entre elas. Nunca soube ao certo se era para a gente sentar em cima ou ajeitar o corpo cansado; ou se eram simplesmente para deleite dos olhos. Visitas prudentes, às vezes, antes de se sentarem, punham a almofada no colo.

Tudo quanto caísse do céu por descuido e passasse pelos olhos da excelente senhora, seus dedos ágeis logo transformavam. Retalhos de seda. Vestidos velhos descosidos, ticos de renda, véus usados de noiva, penas de galinha, palmilhas de sapatos velhos. Canhões de meias imprestáveis e até cabelo cortado das amigas, Dona Lu, com sua mania excelsa e habilidade inata, transformava em almofada, tradicional, clássica ou modernista. Era uma inspiração.

Não havia noiva que se casasse, amiga que se lembrasse de fazer anos, casal que festejasse bodas de prata, que não recebessem, para enfeite, deleite ou repouso, uma almofada de Dona Lu. Na teimosa abstinência dos filhos, dedicava-se às almofadas.

O marido conformou-se com a mania (com que não se conformam os maridos depois de 10 anos de vida conjugal?) e passava os dias no escritório porque não tinha em casa onde pôr os pés.

Conheci uma outra senhora, cujo maior pesar era não possuir tantas almofadas como Dona Lu.

Bem sabia ela que o marido da amiga não tinha em casa dois palmos desimpedidos por onde arrastasse descuidado os chinelos caseiros. Tinha o escritório, pensava. Fosse para o escritório.

Com franqueza, depois de dez anos de vida conjugal, o marido só tem mesmo um lugar seguro, apropriado, que lhe vai bem e onde não atrapalha – o escritório.

A amiga relava-se silêncio, no subconsciente. Passou a decorar o feitio, o modelo e a tática de Dona Lu. Logo mais começou a fabricação. Discreta no começo, ganhou impulso e foi longe, querendo mesmo ultrapassar a amiga.

No dia em que terminou a vigésima, discretamente deu uma festinha às pessoas de sua roda mais íntima. Competição sempre teve força e o fabrico continuou. O marido, amigo da paz doméstica, desistiu do dique que tentou opor à avalanche.

Como não tinha escritório fora do lar, diminuiu as passadas pela casa. Fazia voltas prudentes e cautelosas para alcançar um objeto mais afastado.

Pensou no desquite, pensou numa demorada excursão pela selva amazônica, onde não houvesse almofadas, pensou num incêndio, num terremoto e outras muitas coisas.

Afinal, pela força da inação, das pernas e da vontade, acabou paralítico numa cadeira de rodas, rodeado de almofadas.

Zé Sidrach e Dico Foggia

A gente mais antiga de Goiás inda se lembra, com certeza, de um moço muito distinto, elegante dançarino de polka e quadrilhas, seresteiro dos mais animados e de boa progenia de Pirinópolis, naquele tempo – Meia Ponte – chamado José Sidrach. Era farmacêutico do hospital São Pedro de Alcântara no tempo dos almofarizes e do velho receituário.

Não havia ainda injeções, ninguém falava em hormônios, as glândulas internas eram mistérios não aprofundados e o alfabeto das vitaminas não tinha quem o soletrasse.

As drogas eram manipuladas e apresentadas em vidros com rótulos explicativos. Alguns preparados de fama universal vinham da França, simultaneamente, com figurinos, perfumes, cosméticos e sabonetes.

Aplicavam-se ventosas e sangrias. Lia-se Chernoviz e Langnrd. Manuseavam-se velhos formulários e as doenças tinham uma sequência tão lógica e tão certa que um simples receituário previa tudo. Doente nenhum dava muito trabalho – sarava logo, morria ou passava a crônico. O doente crônico era muito conhe-

75

cido do médico. Eram doentes da reserva e bem conhecidos dos práticos de farmácia. O farmacêutico sabia como atender e que fórmulas aviar para entreter a relação amigável e constante da vida com a enfermidade e para conter dentro da mais estreita tolerância qualquer rebelião desta em prejuízo daquela.

O doente envelhecia naquela cronicidade queixosa e morria de velha. Toda gente sabe que uma doença incurável age mais ou menos como vacina defensiva contra outros achaques mais graves.

José Sidrach, como vários rapazes daquele tempo, gostava de passear a cavalo pelas ruas da cidade.

Ir a Santa Bárbara, ao Bacalhau; subir e descer as ruas, parar nas janelas de gente conhecida, namorar, estacar o animal nalguma esquina, apeiar, tomar parte na roda de conversa segurando a rédea era uma liturgia do bom gosto daqueles tempos – exibição um pouco pueril, mas era bonito, as moças gostavam e quem não podia fazer o mesmo sentia inveja.

Para esse desfastio das tardes, Sidrach comprou do Dico Foggia um bonito alazão de crina preta, que trazia bem amilhado e bem raspado num pastinho de aluguel. Foi quando um dia desapareceu o cavalo sem se saber como.

O Sidrach suspendeu as voltas elegantes pelas ruas. Deu o alarme entre os amigos, mandou responsar Santo Antonio pelo sumiço e emprasou o pessoal conhecido para reparar nos animais que entravam e saíam da cidade.

Um dia o Dico Foggia, que era muito pândego e trocista e gostava de uma brincadeira com os amigos, avisa o Sidrach de ter visto o alazão amarrado na porta de uma casa na rua da Cambaúba.

76

O Sidrach correu a verificar a proposta e viu de longe um animal alazão de crina preta numa certa porta.

Naquele tempo em Goiás, toda gente andava vestida de casimira – calça, paletó e colete, relógio de cadeia, camisa branca, de peito, punhos e colarinho engomados; cartolinha, bengala e botinas de pelica – modelo francês, não se deixava por menos. Paris mandava o figurino, Londres as sarjas e casimiras e o Pascoal, ali na rua Direita, cortava e costurava por preço acessível – fraque ou paletó.

Neste rigor andava a rapaziada de Goiás a qualquer hora do dia ou da noite. Assim, bem posto, foi o Sidrach ao encontro do alazão. Avistou o animal de longe e um indivíduo tomando o estribo.

De acordo com a indumentária do tempo eram os modos e as falas: fino e cortês. Sidrach chegou perto e dissertou sobre o animal roubado, assim, indiretamente. Condenou a apropriação indébita e o uso indevido do objeto alheio. Discorreu com elegância e reclamou a entrega do cavalo. O homem que ia montar já com a mão na rédea era apoucado de letras mas gostou daquele moço bem vestido que lhe dirigia a palavra e gostou do vernáculo só que não entendeu nada.

Não há ninguém que goste mais do palavreado e retórica do que o ignorante; não entende mas fica fascinado quando ouve o bem falar.

Vendo o Sidrach que o caipira não se dava por achado, passou a ser mais enérgico e mandou com decisão que tirasse a sela e lhe entregasse o cavalo antes que ele chamasse a polícia.

Só aí o homem compreendeu pela metade e perguntou: "A módeque o sinhô tá quereno um cavalo e qual é ele?" José Sidrach apontou com energia e com a bengala: é este... é este cavalo aqui, em que você vai montar... este cavalo é meu...

Volta-se o caipira com a fala mais descansada do mundo: – Mas, seu moço, esse cavalo é uma égua...

Zé Sidrach mal reparou no engano e foi tomar satisfação do Dico Foggia.

Candoca

Candoca era afilhado de meu avô e manquejava. Tinha quebrado uma perna na roda do engenho na fazenda Paraíso, quando menino. Foi meu avô quem deu jeito e encanou com talas de taquarussu. Candoca sarou, andou e ficou manco.

Por morte de meu avô, sem pai, sem mãe e sem irmãos, veio para a cidade e passou a fazer pequenos biscates. Onde trabalhava, comia e se o serviço encompridava, também dormia. Ganhava seu dinheirinho. Devaneava como tantos e sonhava encontrar algum dia um enterro de ouro que o deixasse rico.

Era ótima pessoa, ruivo, alegre, ignorante e de olhos mansos, azulentados. Toda gente gostava de Candoca e de quem ele gostava demais era de uma professora de Goiás, que paciente, dedicada e boa, antecipando a educação de adultos, lhe dera rudimentos de leitura, ensinara a acertar pequenas contas, a rezar, e o levara, já homem feito, a ouvir missa e fazer sua primeira comunhão.

Chamava a professora de mestra e tomava-lhe a bênção. Aliás, o tratamento de mestra e a bênção eram rigores da disciplina escolástica que perdurou, daquele tempo, na minha terra.

Trabalhando de um lado para outro furando poço, aceirando pasto, revirando terra para canteiros e arrancando pedra dos velhos quintais, o Candoca deu, certo dia, com um sonhado moringão de ouro enterrado.

Bem sonso e quietinho, desenterrou e tratou de esconder o achado noutro canto, só dele sabido.

Escondeu e ficou esperando o Sizenando voltar de viagem para reverem juntos o achado, repartirem e transformarem a ourama inútil em dinheiro de contado e passarem a viver de lordes.

Isto por três razões. Primeiro, era amigo de verdade do Sizenando. Segundo, queria se casar com uma irmã dele. Terceiro, pretendia um parceiro da boa ou da má sorte, de acordo com o oral, confirmado em vários casos: quem descobre e aproveita "enterro de ouro", acontece desastre ou morre logo.

Enquanto esperava a chegada do amigo (olha a predição realizada), o Candoca foi acometido de uma cólica de apêndice.

Perdendo tempo com chasadas, emplastos, purgantes e benzimentos, o apêndice supurou, infeccionou o peritônio sobrevivendo a peritonite irremissível.

Já nos últimos, chegou o amigo. Candoca ainda o reconhece, inda quis falar. Abriu a boca, disse mesmo a palavra ouro e mais umas coisas confusas que ninguém entendeu e entrou em coma.

Passou-se o tempo. Um dia, casualmente, a mestra que tinha acompanhado o enterro, levado uma coroa de flores e sentido sinceramente a morte do rapaz, às três horas da tarde dentro de sua casa, ao passar de uma sala para o quarto, vê, vê mesmo, o Candoca sorrindo como se vivo fora e que foi lhe dizendo: – Mestra o ouro está...

A professora tomada de pavor ante aquela visão do morto que ela tinha visto descer na cova, voltou o rosto, estendeu as mãos e foi interrompendo – vai pra bom lugar, Candoca. Vai pra bom lugar... Não quero saber de ouro não... não quero saber de ouro... Vai pra bom lugar.

E o Candoca sorrindo sempre, desapareceu como uma sombra na penumbra do quarto.

Medo

Não há nada de que a criatura humana tenha mais pavor do que de morto. Deve haver realmente e de forma obscura uma força tremenda, invisível e imensurável da parte de quem morreu sobre aquele que anda firme na vida, anulando neste, a capacidade de resistir à presença, ao contato ou à simples suspeita da aproximação daquele. Daí as inibições físicas e psíquicas, incontroladas, mesmo quando se trata de pessoas queridas que já se foram.

O pavor domina o vivo obliterando todo o mecanismo do raciocínio e da capacidade de indagação e pesquisa esclarecedora do sobrenatural quando este se apresenta espontaneamente. Falta aos mais destemidos e temerários a coragem a perguntar, de inquerir. Nem os descrentes e corajosos e afoitos se sentem com a coragem de fazer perguntas ou indagar qualquer coisa quando o caso se apresenta. Desse medo, medo obscuro, profundo e selvagem que a criatura não conseguiu disciplinar, surgem os casos trágicos, cômicos e humorísticos acontecidos com alguns mortos aparentes

83

que tornaram à vida e até, mesmo, a simples aparência, suposição e engano, ligados à ideia da morte.

Viajava uma jardineira, expresso ou perua, como se diz, de Goiânia para Goianópolis. Levava na coberta, entre malas e trouxas, um caixão vazio de defunto, destinado para uma pessoa falecida naquele distrito.

Logo adiante na estrada, um homem parado, dá sinal e a perua pára.

Dentro, tudo cheio. O homem que precisava de seguir sua viagem aceitou de viajar na coberta com os volumes e o caixão vazio. Subiu. O tempo tinha se fechado para chuva e logo começou a pingar grosso. O sujeito em cima achou que não seria nada demais ele entrar dentro do caixão e ali se defender da chuva. Pensou e melhor fez. Entrou, espichou bem as pernas, ajeitou a cabeça na almofadinha que ia dentro, puxou a tampa e bem confortado, ouvia a chuva cair.

Mais adiante, dois outros esperavam condução. Deram sinal e a perua parou de novo; os homens subiram a escadinha e se acocoraram no alto. Iam conversando e molhados com a chuva fina e insistente.

Passado algum tempo o que ia resguardado escutando a conversa ali em cima levantou devagarinho a tampa do caixão e perguntou de dentro, só isto: "Companheiro, será que a chuva já passou?". Foi um salto só, que os dois embobados fizeram do coletivo, correndo.

Um quebrou a perna o outro partiu braços e costelas e ficaram ambos estatelados do susto e sem fala, na estrada.

As Cocadas

Eu devia ter nesse tempo dez anos. Era menina prestimosa e trabalhadeira à moda do tempo.

Tinha ajudado a fazer aquela cocada. Tinha areado o tacho de cobre e ralado o coco. Acompanhei rente à fornalha todo o serviço, desde a escumação da calda até a apuração do ponto. Vi quando foi batida e estendida na tábua, vi quando cortada em losangos. Saiu uma cocada morena, de ponto brando atravessada de paus de canela cheirosa. O coco era gordo, carnudo e leitoso, o doce ficou excelente. Minha prima me deu duas cocadas e guardou tudo mais numa terrina grande, funda e de tampa pesada. Botou no alto da prateleira.

Duas cocadas só... Eu esperava quatro e comeria de uma assentada oito, dez, mesmo. Dias seguidos namorei aquela terrina, inacessível. De noite, sonhava com as cocadas. De dia as cocadas dançavam pequenas piruetas na minha frente. Sempre eu estava por ali perto, ajudando nas quitandas, esperando, aguando e de olho na terrina.

Batia os ovos, segurava gamela, untava as formas, arrumava nas assadeiras, entregava na boca do forno e socava cascas no pesado almofariz de bronze.

85

Estávamos nessa lida e minha prima precisou de uma vasilha para bater um pão de ló. Tudo ocupado. Entrou na copa e desceu a terrina, botou em cima da mesa, deslembrada do seu conteúdo. Levantou a tampa e só fez: Hiiii... Apanhou um papel pardo sujo, estendeu no chão, no canto da varanda e despejou de uma vez a terrina.

As cocadas moreninhas, de ponto brando, atravessadas aqui e ali de paus de canela e feitas de coco leitoso e carnudo guardadas ainda mornas e esquecidas, tinham se recoberto de uma penugem cinzenta, macia e aveludada de bolor.

Aói minha prima chamou o cachorro: Trovador... Trovador... e veio o Trovador, um perdigueiro de meu tio, lerdo, preguiçoso, nutrido e abanando a cauda. Farejou os doces em interesse e passou a lamber, assim de lado, com o maior pouco caso.

Eu olhando com uma vontade louca de avançar nas cocadas.

Até hoje, quando me lembro disso, sinto dentro de mim uma revolta – má e dolorida – de não ter enfrentado decidida, resoluta, malcriada e cínica, aqueles adultos negligentes e partilhado das cocadas bolorentas com o cachorro.

Última Impressão

Lá longe, nas terras adustas do norte, na serra do Bom Será, a casa pobre, de chão batido, cheia de crianças.

Choro de criança. Riso de criança. Brinquedo pobre de criança pobre. Áspera e dura a terra.

O sertanejo trabalha sozinho, de dia no roçado, de noite traça os tentos: laço, pontas, cabrestos. Dez bocas para comer, dez corpos para vestir. Pobre não raciona filhos...

José e Josefa, os gêmeos que a morte levou um dia à toa... mudavam os dentinhos... No coração do sertanejo a última impressão dos filhos mortos: trocavam os dentinhos...

Vai traçando pontas, vai puxando os tentos, vai contando à toa das crianças mortas, gêmeas, de sete anos, juntas na mesma rede pobre que as levou pra cova, no ombro de dois cabras, os padrinhos.

Rígidas, a boca aberta e nos dentinhos novos gravando no coração do pai o disco da última impressão: mudavam os dentinhos...

E a morte vai racionando, vai tabelando filho de pobre que veio ao mundo, para sofrer, para morrer...

Os jornais alertam às vezes: Mortalidade infantil... Pauperismo... Desnutrição... O maior do mundo... oito milhões de quilômetros quadrados... cento e vinte milhões de criaturas...

O sertanejo repassa os tentos... mãos agitadas, cordoalhas de veias, tentos de músculos, o pensamento distante...

Um dia vai também para o Sul, deixa a criançada crescer ou morrer.

E no espelho do tempo... os dentinhos brancos na boca roxa e fria que a morte arregaçou e que a saudade do pai retratou para sempre. Já vê tão longe o passado...

Morreram à toa... Mudavam os dentinhos...

O Corpo de Delito

Aquele crime causou tão grande espanto, misto de horror, aconteceu na pequena cidade de Três Estrelinhas. O júri foi o mais concorrido e impressionante de que se lembram os velhos moradores, e o choque emocional, tão intenso que até hoje, depois de tantos anos, ainda há quem conte o caso por miúdo.

Os dois meninos foram, em pequenos, alunos da mesma escola primária. O pai de um deles era da roça e o filho, para aprender, veio para a cidade e ficou em casa de um negociante amigo que também tinha um filho. Fizeram, juntos, o curso primário – leitura escrita e as quatro operações.

Eram da mesma idade, tinham o mesmo corpo, vestiam por gosto as roupas trocadas e ficaram ligados por aquele convívio demorado debaixo das mesmas telhas e dormindo no mesmo quarto.

Como meninos, machos que eram, gostavam de brinquedos brutos – medir forças, apostar corrida e quedas de aloite.

Por esta ou por aquela, o da cidade ganhava do roceiro. Então, no aloite, nenhum outro moleque o dobrava. Tinha mais sustância, mais agilidade. Entesourava as pernas, dominando o adversário e nenhum se soltava de suas mãos de ferreiro.

Terminado o tempo da escola e já crescidos, cada qual tomou rumo diferente.

O da cidade foi ajudar o pai no balcão e, quando esse morreu, herdou a loja e continuou comprando e vendendo. Como os tempos passaram a melhores, ganhou dinheiro e guardou.

O outro, filho de gente da roça, voltou para o sítio e foi ajudar o pai na lida do campo. Nisso, acabou de crescer e se fez homem. Pensou então em ganhar dinheiro mais rapidamente e quis fazer do sítio, fazenda.

O tempo era outro. O carro de boi tinha sido desbancado pelo caminhão e o cavalo pelo automóvel. Quem quisesse aprumar na vida que andasse depressa e não ficasse apegado às velhas rubricas do passado.

Falou com o pai... Esse era doutro tempo – paciente e acanhado. Discordou da afoiteza do filho.

Só entendia prosperidade a prazo longo. Plantando, colhendo e vendendo as sobras. No seu entender, o gado só devia aumentar pelas crias. Isso de criador passar a comprar e revender não lhe servia. Tirar dinheiro do banco! Fazer dívida... Deus o livrasse desse abismo. Queria viver sem ter perda de sono, sem preocupações de alta e baixa de preços e sem essa afobação de enricar depressa. Descombinaram. O pai deitou-lhe a bênção – que fosse procurar suas melhoras.

O rapaz deixou o sítio. Abriu-se para longe; passou a viajar de capataz, levando tropas para Anápolis, Pires do Rio, Ipameri. Saiu em Catalão. Atravessou o Paranaíba. Entrou pelo Triângulo Mineiro. Puxou bois para as grandes feiras de Uberaba e se fez comissário de boiadas para Barretos. Adquiriu prática no negócio e desembaraço no trato. Tempos passados, quis rever a cidade de Três Estrelinhas. Voltou. Encontrou o antigo condiscípulo já casado, negociante forte, importante.

Recordaram a infância com alegria. Falaram de negócios. Trocaram ideias. Contou o desarranjo com o pai. Acertaram pontos de vista e, no fim da conversa, o da cidade passou para o da roça uma bolada de notas de mil – para comprar bois. Um entrava com o dinheiro e o outro, que era da profissão, comprava, ajeitava pasto, vendia e tornava a comprar. No fim de algum tempo, acertariam as contas do capital e dos lucros. Contrato? De boca, não havia precisão disso, eram como irmãos e o arranjo foi para a frente.

Negociada a primeira partida com lucros, a segunda já foi comprada com esse acréscimo e o negócio passou a canalizar dinheiro, estreitando a amizade.

O da roça tinha tino e traquejo e o da cidade, com a casa comercial aberta a uma enorme freguesia rural, facilitava entendimentos pessoais e a sociedade ia se tornando forte.

O sócio passou a frequentar a casa do amigo. Almoçar e jantar ali. Entrava e saía, naturalmente. Eram como irmãos...

Ninguém pensou na mulher que tinha sangue ardido, era pinta saliente, namoradeira e leviana, e entrou de corpo e de perneio naquela amizade do marido, ansiosa por uma derivante.

91

Com pouco mais, o portão do fundo do quintal que abria para umas travessas escuras dava passagem a um vulto de capa e chapéu desabado, no quieto da noite, quando o dono não estava.

A vizinhança foi a primeira a reconhecer o vulto e a ver tudo. Entrada e saída, sinais trocados, intimidades. Pelo tempo, ouviam até risadas, conversas e tinidos de copos e garrafas. Com o costume feito, perderam o recato e puseram de parte a cerimônia.

O negociante, de noite, voltava para a loja, onde ficava arrumando caixas, acertando livros, enrolando peças, abrindo fardos e conferindo mercadorias, coisa que não tinha tempo de fazer de dia com a loja muito cheia.

O amigo, mais folgado, ficava à vontade. Entrava de dono e tomava conta da mulher e da cama.

Aquilo já era assunto surrado de toda a cidade. Só o mais interessado não sabia de nada.

O negócio do boi se fazia ali mesmo. Três Estrelinhas tinha se tornado ótima praça comercial. Sem arredar pra fora, comprava, vendia, e tornava a comprar, com lucros cada vez maiores.

A intimidade do amigo e a leviandade da mulher – mexido de panela suja – ainda acabaria mal, diziam os mais experientes.

Naquele dia, como sempre, o marido saiu depois do jantar. Ia à loja conferir e marcar mercadoria nova. Parou algum tempo no bar, conversando com uns viajantes. Desistia já da loja, indisposto, mas, foi até lá.

Na porta, lembrou-se de ter deixado a argola de chaves no cromo da folhinha na sala de jantar. Só voltando mesmo. E voltou...

Acamaradados, muito íntimos, bebendo um uísque gelado pelo mesmo copo, viu de entrada a mulher e o amigo. Esse não esperou mais nada. Pulou a janela. Caiu no quintal, varou-o e ganhou a rua às escuras, procurando se pôr a salvo. O outro saltou atrás. Correu no encalço. E no silêncio daqueles becos desertos, ouvia-se a batida – pega-não pega. O de trás não tinha arma, nem um canivete, mas sentia sua força, os dedos crispados. Daria a morte com as mãos. Pegaria pelo pescoço. Tinha força, havia de estrangular... Matava ou morria. Não seria outro o destino daquela maratona pelas ruas escuras.

O da frente sabia que o encontro seria de morte. Vieram à sua mente os aloites de menino, onde sempre perdia. Conhecia a força muscular do amigo que via na loja levantar fardos e sacarias pesadas como se fossem brinquedos à toa. Lembrou as mãos de ferreiro.

Parou. Resolveu enfrentar, certo de que já estava perdendo na corrida. Também tinha coragem. Venderia caro a vida. Não viu o obstáculo aos pés. Tropeçou. O outro veio em cima. Atacaram se. Rolaram pelo chão. Lutaram com selvageria. Achou-se subjugado. Acavalado no peito. Tolhido pela tesoura de duas pernas de aço, enquanto lhe apertavam a garganta aquelas mãos de ferreiro. Num arranco instintivo de apego à vida, aquelas mãos se saltaram, resvalaram...

Sentiu que era gadunhado com ferocidade e que lhe metiam uma garra nos olhos, arrancando, despedaçando... Relaxou a defesa. Escabujou num urro de desespero trágico. Tentou levantar. Estendeu os braços, querendo agarrar alguma coisa que já não via naquela noite imprevista. Cambaleou. Caiu, gargoejando o sangue das órbitas vazias que lhe vinham à boca.

O outro, segurando na mão contraída e ensanguentada uma coisa mole, morna, visguenta, com cheiro de muco e sangue, despediu-lhe ainda um coice no traseiro, com o salto da botina, numa derradeira descarga daquela contensão nervosa. Afastou-se dali a passo duro.

Encontrou o delegado e entregou a ele aquele langanho gosmento e repulsivo que trazia na mão, já começando a lhe embrulhar o estômago e que a autoridade recolheu com cautela num vidro de álcool.

Aquele despojo trágico documentou o corpo de delito. Constou como prova sensacional daquele processo-crime e foi visto de forma impressionante, na mesa da promotoria, pelos juízes e pela assistência daquele júri.

Minha Irmã

Meu cunhado foi um desses moços cheios de qualidades excelentes, pobreza incurável e poupança trabalhosa dos velhos tempos. Casou-se. Mesmo pobre se casaram. Teve filhos e tentou melhoria de vida.

Juntou suas economias de dez anos. Quatro a cinco contos de réis. Rumou ao Araguaia.

Mandou fazer barcos na beira do rio. Comprou gêneros: açúcar, fumo, carne-seca, farinha de mandioca, quintos de cachaça, mercadorias várias. Transportou em tropas e carros de bois para Leopoldina.

Atulhou o bote, encheu o igarité. Rumou para Conceição do Araguaia onde se fazia um intenso comércio de borracha, extraída de seus seringais nativos. Isto por volta de 1904 e 1905. Vendeu a carga valiosa e subiu com o bote para novo suprimento.

O dinheiro só o receberia quando os seringueiros saíssem da mata com a sua goma. Pagariam com esta. Ele, então, desceria até Belém do Pará para dispor da mesma com lucro e vantagens maiores. Assim faziam todos que se arriscavam e tornavam-se ricos ou arranjados em pouco tempo. Voltaria pelo Rio de Janeiro e São Paulo, onde faria compras para nova descida.

Em Goiás, acertaria suas contas com um irmão e um amigo de família. No retorno levaria a mulher e os filhos com ele para a boa praça de Conceição, onde qualquer coisa à toa valia vinte vezes mais do que em Goiás. A borracha canalizava ouro e cambiava-se o esterlino em fortes casas comerciais.

Desceu pela segunda vez, todo esperanças. Recebeu a gema de valia e tocou o bote e um batelão carregados para o grande mercado de vendas de Belém. A febre o acometeu na descida.

Febre maligna insidiosa. Levava quinino. Foi tomando. Melhorando, piorando, levantando, deitando. Variava com a mulher, com os filhos, com a mãe, com a carga do batelão. Na sede da febre queria beber toda a água do rio, nos acessos piores queria se jogar... Para se conter tiveram que amarrá-lo. Chegou em Belém. Descarregou. Entregou a gema numa casa exportadora. Anotou uma carta sem nexo para a família, postou no correio. A caminho do hotel, caiu na rua com uma síncope.

Foi levado para o hospital. Variou a noite toda, de manhã entrou em coma. Pouco depois estava morto.

O telegrama chegou em Goiás. Na casa foi aquela tragédia dolorosa. A prantina, o desfecho inesperado, esperanças mortas. Os negócios para se resolver naquela distância sem fim... Um amigo que desceu junto tomou conta de tudo por procuração telegráfica. Os longos despachos. Instruções. Prebendas... exigências do juiz de Belém pedindo manifestação do juiz de Goiás.

Cada palavra custava duzentos réis. Os telegramas ficavam em setenta e oitenta mil réis. Um dinheirão para a penúria do tempo e para a incerteza do ressarcimento naquele negócio distante e malparado. A pobreza da família agravada com aquela morte. O empreendimento, com parte de dinheiro alheio, em vias de prejuízos.

Os credores apoquentados, rentes, levando os despachos ao telégrafo, ansiosos, contrafeitos, aguardando o desfecho. Liquidada a venda, apurado o dinheiro, pagas as dívidas, nada sobrou.

Sobraram os destroços – a viúva e seus três filhos pequenos.

Voltou para a casa da mãe. Dias e dias, largada, encorujada, sem conversa, sem assunto, agarrada aos filhos.

Uma família de oficial voltava de Goiás para o Rio de Janeiro. Vendia suas coisas de casa. Uma *New Home* de três gavetas, em bom estado.

Minha irmã não podia comprar. Custava cem mil réis, e ela não tinha esse dinheiro. Tinha nas orelhas uns brincos de pequenos diamantes, que lhe dera minha bisavó, que a criara, no dia do casamento e que ela, no luto, trazia rebuçados de um paninho preto como faziam as viúvas daquele tempo. Tirou das orelhas. Descoseu o tico de pano. Lavou com água de bicarbonato, mandou oferecer a Dona Rosalina, casada com o Major Otávio Confúcio, se os aceitava em pagamento da máquina de costura. Aceitou, ficou com os brincos e mandou levar a máquina em nossa casa.

Minha irmã não sabia de costura. Não aprendeu corte, não praticou ao lado de modista, nunca tinha visto fita métrica. Os figurinos do tempo traziam moldes no suplemento e a espora da necessidade suplementava em cima dela.

Ajeitou umas e outras coisas. Reagiu e começou a costurar de ganho. Costuras custosas daquele tempo. Vestidos muito enfeitados. Forrados, cheios de barbatanas. Provas em corpo espartilhado. Saias se arrastando, cintos sobrepostos, golas altas, esticadas no pescoço, mangas compridas, justas. Freguesas exigentes, querendo acompanhar a moda de Paris e Rio de Janeiro.

Modelos complicados e a cidade com suas costureiras de velha fama e nome feito. Ela se esforçava. Às vezes se arrepiava toda. Levava as mãos à cabeça, arrancava os cabelos. Não acertava com os cortes. A freguesa era enjoada, os enfeites difíceis, os detalhes impraticáveis. Virava e revirava o figurino. Cortava um retalho. Costurava um vestidinho como se fosse para boneca. Procurava acertar naquilo as complicadas dificuldades das estampas coloridas.

Resistências... Inibições... Responsabilidade exagerada. Medo de enfiar a tesoura no pano alheio, confiado à sua execução. Receio de não sair ao gosto de quem pagava cinco ou dez mil réis pelo feitio de um vestido, todo entrincheirado de rendas, vidrilhos, rufos, repuxados e franzidos.

A cidade paupérrima. Toda casa tinha alguma afoita e necessitada que costurava de ganha. Concorrência... necessidades duras, comentários humilhantes... Preconceitos sociais e domésticos com suas ataduras cruéis.

Vieram freguesas, parentas de Itaberaí – Curralinho, naquele tempo. Eram as melhores, gostavam dos enfeites mas pagavam de pronto.

Na cidade, as costuras feitas, muito bem alisadas a ferro, eram dobradas com preceito e entregues na casa das freguesas em bandejas grandes, forradas e cobertas com toalhas de bramante de linho, crivadas, bordadas, levando nos quatro cantos ramos de rosas e jasmim, e humildes pedidos de desculpas se não tiver saído a gosto. Jamais a conta junto. Era da pragmática do tempo, e que ninguém fugisse a ela...

Outras vezes, a cidade caía em marasmo e não havia costuras.

As aperturas, de cabeça erguida na casa onde só havia mulheres e crianças!

Minha mãe, minhas irmãs, minha velha bisavó, minha tia, Júlia, Joana, os filhos de minha irmã.

Gente muito pobrezinha inda aparecia por um prato de comida, uma cuia de farinha, um tempero de sal, um vintém de cobre...

O quintal ali estava, grande e murado. A velha biquinha com sua água cantante. Um antigo tanque largado, cheio de cisco. O terreno, em tempo, tinha sido horta. No tempo da escravatura, contava minha bisavó.

Horta... começou arrancando as pedras, arrumando os canteiros, fofando a raleira com uma alavanca, revirando tudo, devagar, catando pedregulhos.

Bolha d'água nas mãos, calos de sangue, braços doloridos. Pedras, sempre pedras. Parecia até que nasciam, se parturejavam por si mesmas, quanto mais se tiravam para o canto dos muros. Vinham à superfície, quanto mais se mexiam com elas. E foi aquele esforço rude, obscuro, mudo e obstinado, da máquina para a horta, da horta para a máquina.

Jantava-se em nossa casa às quatro horas. Minha irmã dobrava a costura, cobria a máquina e ia para o quintal. A biquinha correndo alegremente, regadores se enchendo. A rega dos canteiros feitos à mão. Os filhos, em roda, ajudando como podiam, pequenos que eram. A raleira mudou o feitio. A terra agradeceu o amanho, o trato. Deu o que se lhe pedia. Vieram as alfaces macias, chicórias, escarolas, couves e repolhos cabeçudos. Ervilhas enrolavam-se pelos garranchos, latadas de tomateiros. Salsa, cebolinha, pimenta-de--cheiro e coentros davam bem na vista, cheirando gostoso. Pepinos e quiabeiros punham com facilidade suas vingas. Fregueses vinham comprar na porta. Traziam dinheiro de cobre. Pataca. Vintém. Corenta. Cinquinho... Um pires de pimenta, um amarradinho de cebola, salsa e coentro, um pé de alface, um mano-jo de couve, um prato fundo de ervilhas, um prato de tomatões – quinhentos réis.

Plantou mudas de roseiras, galhos de podas alheias. Bulhos de angélicas, essas nasciam mesmo entre as pedras, não faziam luxo de terra boa. Monsenhores, resedá, flores variadas. Vendia o buquê sortido a mil réis.

Outras tinham dó de comprar, gastar dinheiro com flores... Pediam. Ora para um anjinho que ia ser enterrado. Ora para um altar de igreja. Minha irmã dava de boa vontade. Não fosse por isso: o anjinho não se enterrava sem flores.

Botou o filho na escola primária da professora Maria Meclat, criatura toda feita de bondade e compreensão humana. Toda ela estímulos. Tinha o dom de incentivar, para a frente e para o alto.

A menina entrou para o Colégio Santana. Trazia os deveres para fazer em casa. Minha irmã repassava as lições. Exigia leitura correta, repetida. Não se satisfaria com o progresso lento. Queria mais da criança. Ficava esta com o livro na mão, perto da máquina onde ela costurava, ao lado sua chinela pesada, de sola grossa, de boa fabricação goiana. A menina gaguejava, incerta, a chinela ali estava, ameaçadora, disciplinar, pronta a se fazer válida. A inteligência infantil se esforçava. Não havia escapula. As lições saíam certas, os deveres se cumpriam. Com os meninos, a mesma disciplina rigorosa.

Fechou-se na sua viuvez, no seu brio de mulher e no trabalho pela educação dos filhos, sem amparo, sem estímulos. Gente de fora inda murmurava, despeitada. Jogava indiretas: pusesse o filho de caixeiro, n'algum balcão... mandasse de tabuleiro na cabeça vender as verduras da horta, ganharia mais... Estudo... estender o braço onde a mão não alcança... Querer dar o passo maior do que a perna... vaidade, grandeza de pobre...

Sentia aquelas alfinetadas na carne. Enclausurou-se naquela solidão rude. Não saía à rua, não chegava à janela, não ia à casa de ninguém. Da máquina para a horta, todos os dias, semanas, meses e anos. E quando dessas coisas, minha irmã tinha só vinte e oito anos. Eram assim as viúvas do passado. Nem minha irmã foi caso único em Goiás. Outras tinham sido, antes dela, outras vieram depois. Não havia quem ajudasse, nem oportunidades. Quem pudesse inda punha uma pedra, um cardo, uma urtiga no caminho.

Dificuldades entrelaçadas. Falta de amparo, nem um apoio. Má vontade reinante. Zombaria dos remendos que seus meninos carregavam nos fundilhos. Goiás, compartimento fechado por todos os lados. Em volta, o sertão. Dentro da cidade, ruas delimitando classes, orgulho de família, preconceitos sociais, coisinhas, rotina...

A estrada de ferro, muito falada, em Araguari, distante oitenta léguas. Daqui para ali, que se andasse, precisava-se de cavalos, de gente, cargueiros. Uberaba – pequena capital, as tropas iam lá receber mercadorias. Franca, Ribeirão Preto, Campinas, valiam muito. Depois era o Rio de Janeiro... Osvaldo Cruz combatendo a febre amarela. Pereira Passos rasgando avenidas, esboçando a Central.

Liam-se o *Malho*, a *Careta*, o *Fon-Fon*, *O País*, o *Jornal do Comércio*. Chegavam postais. Gente que viajava, voltava contando belezas, encantamentos que a viúva e moça pobre de Goiás nunca veria de perto.

Minha irmã envelheceu um pouco.

Aos trinta anos estava quebrada. Os filhos cresceram. A gente de Itaboraí foi boa demais. Trazia costuras, pagava bem. Depois, minha irmã, mais velha, o filho terminou o Liceu Goiano. Fez concurso nos correios de Goiás. Foi bem classificado, pediu transferência para o Rio. Estudou Medicina, deu o enxoval da irmã, custeou o estudo do irmão mais novo. A filha se casou, os filhos se casaram e minha irmã viu nascer seus netos. Veio a doença, a operação mutilante. Foi quando o radiologista constatou um calo ósseo, deformando a clavícula. Velha fratura, acontecida quando ela carregava pedras, da horta para os cantos do muro. Escorregou, falseou, caiu de mau jeito com sua carga

102

de pedras. Doeu muito. Ficou dias impedida de levantar o braço, carregar o pesado regador, costurando com dificuldade, gemendo, pondo amplastro caseiro. Machucado, dizia. Só ali, na operação, anos depois, teve conhecimento da velha fratura.

Hoje, mulher perde o marido, juntam-se em torno dela o interesse, a solidariedade coletiva e é já que ela é encaixada numa repartição pública, contratada, nomeada, ou encostada, com sua folha certinha de pagamento mensal.

Desdobram-se cargos. Criam-se outros, inventa-se qualquer coisa para ela ser arrumada. Pouco sabe, às vezes, analfabeta quase se ajeita, se acoberta, e passa a funcionária pública municipal, estadual, federal ou de autarquia.

Por vezes conjuga o emprego com algum instituto, mais uma achegazinha. Graças a Deus por tudo isso. Se a idade não ajuda, ou qualquer incidente prejudica, lá vai o apelo ao Estado, bondoso Papai-Grande nos dias que correm. E vêm a Pensão de Mercê, a ajuda oficial, valer à pobrezinha, facilitar, reerguer aquela vida fracassada... Antigamente...

Faz tempo que minha irmã morreu, vinte e sete anos. Lá, do outro lado da vida, minha irmã descansa num toldo de rosas e pendões de angélicas, seguro pelos anjinhos de Goiás, esperando pela Ressurreição da Carne. E nesse dia, quando os montes tremerem, a terra se agitar, e vier o grande Senhor com sua grande Justiça, o túmulo obscuro, de um triste e distante cemitério, se abrirá. Minha irmã tomará seu corpo franzino, conforme rezam as Escrituras. Mostrará ao Pai sua velha máquina de costura, sua tesoura comida pela ferrugem se soltando do parafuso gasto e a terra pedregosa de sua antiga horta. O Grande Juiz indicará seu lugar à direita de sua mão poderosa e ungirá sua fronte e suas palmas com o óleo do sacrifício de todas as viúvas pobres, desajudadas e humilhadas. E as crianças mortas de Goiás, a quem ela deu rosas para enfeitar seus caixõezinhos, a levarão para a casa do Pai, onde não haverá máquina de costura, nem tesoura se soltando do parafuso gasto, nem raleira de terras donde se carregar pedras.

O Boi Balão

Novos ainda, saíam eles da "zona velha" onde tinham nascido e se criado. Na crise medonha do café, de 29, o pai ficara liquidado e só salvou mesmo, por milagre, o carro de boi, a carreta e os próprios bois que tinham emprestado para um vizinho e que esse, vendo as coisas malparadas, segurou e só entregou depois de tudo serenado.

A fazenda, seus talhões de café, benfeitorias, animais, carroças, carroções e ferramentas, colônias e colônias de casas, tudo foi de "porteira fechada". O dono saiu de bolso limpo, de nome limpo e sem dívidas. "Bom demais", pensou ele.

A filha mais velha já estava casada e os filhos moços e fortes, acostumados com o pesado da fazenda; que fizessem pela vida...

O credor tinha sido o próprio banco. Só que banco não quer fazenda, não tem carteira especializada para isso. Banco o que quer é mesmo seu dinheiro limpo e escorrido. Reconhecendo a capacidade honesta do devedor, as circunstâncias excepcionais daquela má liquidação, considerou mais vantajoso receber a fazenda de forma condicional. Combinou com o devedor para ele continuar na gerência, como preposto de confiança e, com o tempo e com os lucros, pagar a dívida, o financiamento preciso para ter a fazenda em produção; e depois de tudo liquidado, receber seu título de quitação e ficar, de novo, dono do seu.

O fazendeiro concordou. Só não quis que os filhos ficassem ali, ajudando a pagar dívida.

Tinha uma gleba no sertão, terra nova, mataria de primeira, na variante da Noroeste, onde estavam se abrindo novos patrimônios.

Qualquer estação inaugurada virava cidade, bastando que as terras de roda fossem boas. Por toda parte eram os corretores com seus mapas, sua boa propaganda, vendendo lotes a prestação e dando esperanças de graça.

Além dos agentes capacitados, agenciadores e empreiteiros recrutando trabalhadores braçais para o avançamento, as derrubadas, tiração de toras, lavragens de dormentes.

Muita gente esperta já ia na frente do picadão, se firmando em posses e cadernetas.

Conversou com os filhos. Que fossem, aventurassem. Dava a eles a gleba inculta. Metessem o peito e fizessem pela vida. Dava mais; o carro, a carreta, os bois e o cachorro. Ele ficaria ali no posto para salvar a fazenda. Falaram com o Severino. O preto, criado junto com os meninos, aceitou de ir com o Cizino e o Rogério, aonde eles fossem, no oco do mundo, até na barra dos infernos. Combinados, arrumaram no carro o

106

que de mais precisavam. Cobertas, redes, suas mudas de roupa, algum traste à toa, panelas, latas, mantimentos, sal, fumo, coisarada...

Que não esquecessem um saco de semente de capim, recomendou o pai, colonião, falou, aquilo ali é terra de colonião e boi. Plantassem capim e criassem vaca.

Numa fria madrugada de lua, o pai botou a bênção nos filhos e no Severino, 20, 22 e 24 anos. O carro, com suas juntas, levando engatada a carreta, deixou a cidade centenária de Jabuticabal e, cortando por Taquaritinga, Catanduva, Rio Preto e Mirassol, procurou as barrancas do Paraná e saiu na frente do picadão, aberto na mata. Aí entestou para o rumo da gleba, demarcada sem grilagens nem sete-donos pelo finado engenheiro, Took Look, que demarcou as melhores glebas do Oeste e da Noroeste paulista.

Terras limpas e de procedência insofismada.

Iam tomar posse, antes que chegasse o bando de aventureiros, ávidos, e traficantes que vinham vindo na esteira dos dormentes...

Tomar posse, abrir lavouras e fazer benfeitorias.

Conheciam as confrontações. Já tinham estado ali com o pai quando foi feita a compra. Assentaram o lugar do rancho perto de uma aguinha e deram o começo ao roçado.

O carro e os bois ficaram no cercado do vizinho mais próximo. Trouxeram nas costas o indispensável. Armaram suas redes e acenderam o fogo. Tomaram da foice e do machado. Primeiro roçaram a paulama fina e a cipoada. Depois o machado comeu no pau grosso e foi um estrondo. A mata se abrindo, se entregando,

107

desvirginada. A mata se clareando e o sol entrando, amarelando, ressecando folhas e galhadas. Depois fizeram o aceiro benfeito, raspado de enxada, acertado e retificado.

Numa véspera de domingo foi o fogo.

Passaram três dias na casa do vizinho. Tinha dado um barrufo de chuva quando voltaram. A roça nova tinha queimado bem. Não sobrou coivara. Um ou outro pau grosso ainda fumegava, se desfazendo numa mortalha de cinza.

O fogo respeitou o aceiro benfeito. A madeirama verde, entalhada para dentro do roçado, ajudou a valer o aceirado e respeitar o mato. Agora era limpar o lugar, tirar madeira e levantar o rancho, e, com a primeira chuva, plantar as manivas, covear o milho e jogar a semente do capim. O resto era com Deus.

A boiada não entrava ali de jeito nenhum... e também pra quê? Só o Balão daria conta do serviço. O Balão veio. Vieram com ele a carreta, uns balaios de milho emprestado do vizinho, o resto das ferramentas. Foi rasgado o serviço.

Balão puxando a madeira do rancho: esteios, batentes, frechais, cumieiras, ripado de coqueiro para o encaibramento, barrotes. De manhã à noite, aquele serviço duro. E o boi manso, enorme, jungido à carreta, arrastando o madeirame pesado. Depois do rancho foi o paiol, foi a tulha e o chiqueirão.

Manso, alvacento, enorme, o Balão recebia sua espiga, que embolava com a palha e o sabugo, babando pelos lados. E no fim do dia, deitado na cinza, tranquilo, remoía sua espiga, seu tufo de capim, sua palma de coqueiro, esperando no dia seguinte mais serviço e mais paus para puxar.

Trouxe a carreta de telhas, trouxe o caixão e o sarilho do poço, trouxe tijolos e mais tudo quanto quiseram que ele trouxesse.

Choveu. A maniva molhou, o capim nasceu, as covas de milho cresceram. A roça agora não dava trabalho, não tinha sementeira.

Rogério e Severino foram com o carro e os bois puxar dormentes para o avançamento e para os desvios. Na roça, o Cizino e o Balão com a carreta esplanavam os dormentes que o carro pegava.

A lavoura se botando. Eles, os irmãos, ganhando dinheiro e projetando levantar uma fazenda ali na gleba. Derrubar mato bastante, abrir roçado, plantar de grande um ano, depois empastar.

A terra preta baixa, perto do rio, não era terra de lavrar café. Eles vinham arrenegados de fazenda de café, com sua complicação, seu mundo de gente para serviços sem fim. Os preços sempre caindo e o governo sempre intrometendo, ditando leis, sem acertar.

Tinham ainda presente a derrota do pai, entregando a fazenda de "porteira fechada" que eles ajudaram a formar, e que, já velho cansado, ainda estava pelejando por conta de credores para salvar o trabalho de uma vida inteira. O tempo, agora, era do pasto e do boi, com financiamentos e facilidades que o café nunca mereceu.

E foi indo e foi dando. Deu sol e deu chuva, deu dia e deu noite, deu mês e deu ano, e a gleba foi desbravada com peões, empreiteiros, arrendatários, pondo

109

roças enormes, pagando renda e plantando capim. Paióis e tulhas estavam ali abarrotados. Cercas e invernadas divididas, gado se criando, jipes e caminhões buzinando, até um trator com um tratorista de fora. E ficou sendo chamada *Fazenda Farturão*.

Foi o Balão que puxou todo o palanque das cercas, todas as estacas de aroeira; foi ele que arrastou os mourões enormes das porteiras e deixou na beira das retas; foi ele que trouxe da estação as bolas de arame, e deixou no lugar e dentro das invernadas e pelos piquetes, os cochos pesados, furados de novo, onde o galo lambia o sal.

Foi o Balão que trouxe na carreta, da estação, a primeira partida de mudas de laranjeiras para a forma do pomar. Era ele que levava a carreta de esterco, da mangueira, para o pé das covas de pessegueiros e abacateiros.

Já velho, ainda puxava toda a lenha que queimava o fogão da fazenda e mais a lenha dos moradores que pediam emprestado.

Sempre o Balão, alvacento, manso e pesado, remoendo seu tufo de capim, escorrendo sua baba tranquila.

Já os moços estavam de família, tinham-se casado e criavam filhos. Tinham-se feito fazendeiros fortes, donos de invernadas, de dinheiro nos bancos e donos de muito gado.

Fazia tempo que o Severino tinha morrido, picado de cobra cascavel. Pisou mesmo na rodilha e foi o bote no pé. Arrancou o facão pra matar, cadê pau?

Golpeou. Aí, foi outro bote no braço. Inda acabou matando e gritou: acode, Cizinho, tou morto...

Cizinho levou ele pro rancho. Não tinha remédio que prestasse. Benzimento não deu jeito. De tarde o preto tinha convulsão e porejava sangue, perdeu a fala. Quando chegou a seringa com a injeção, ele estava de queixo duro, de corpo atado. Veio o pasmo. Morreu na boca da noite. Velaram o morto, acenderam candeias, fizeram fogueira pra sentinela da noite. De manhã, o vizinho trouxe o caixão, veio com gente. Levaram o morto na carreta. Foi o Balão que puxou.

Depois que voltaram do enterro, Rogério disse: – Agora só nóis hem, Cizino? – Não – falou Cizino –, inda tem o Balão.

Isso tudo tinha tempo de passado...

Os irmãos haviam separado a sociedade. Estavam ricos e já nem sempre combinados. Partiram tudo de acordo. Terras, pastos, invernadas, gado e dinheiro. Restava repartir a carreta e o Balão ficou para o Rogério.

Balão, já velho, teve aftosa e apanhou frieira. Não dava mais serviço, vivia deitado, lambendo os cascos. Veio um comprador de vacas de corte. Viu o boi velho, se interessou, Rogério fez preço, levou no meio da vacada. E lá se foi o Balão manquejando, remoendo seu tufo de capim. Na saída refugou a porteira. Voltou mancando, troteando, berrando para a frente da casa. O vaqueiro botou o cavalo em cima, apertou e ele rompeu no bolo.

Cizino soube, por um peão da fazenda, do negócio entabulado e onde entrava também o velho boi. Encontrou-se com o irmão e disse: – Você tem coragem de vender o Balão?... Pois eu dou o dinheiro dele e solto no pasto pra morrer de velho.

Rogério riu, achou graça naquilo.

– Deixa de bobagem, velhinho, o Balão entrou ontem mesmo no matadouro... A carne de vaca que você comeu hoje foi dele... O Durvalino mais o Izidro quem comprou e disse que ia matar ontem mesmo.

Cizino teve ódio do irmão. Sentiu uma repelência no estômago. Uma agonia nauseante. Voltou-se pra um lado, meteu o dedo na garganta e, ali mesmo, botou fora o almoço.

Carne do Balão... Parecia que tinha comido era carne de gente.

Sequeira *versus* Siqueira

Assinava-se ele "Roberto de Amaral Sequeira" e desde os tempos de escola primária, quando aprendia a ler, já vinha às turras com os companheiros, e até com os mestres, por causa do nome.

Se consequência pior não houve, foi por causa do apelido, vindo dos cueiros. Para diferençar do Roberto pai, e do Robertão, avô, ficou sendo, por consenso unânime da família, dos amigos e dos padrinhos, Robertinho.

Foi o apelido, ou seja, o diminutivo, a salvação e a derivância de brigas e desentendimentos maiores.

Tudo por causa de dois "*és*". O é do "de" e o *é* do "Sequeira" que os maus gramáticos, desconhecedores de nomenclatura e genealogia, teimavam em escrever "Siqueira". Isso vinha de longe. Vinha da família. Era ativado, assanhado e remexido dentro de casa. Da casa se estendeu o registro civil.

Ali começou o debate e do qual ninguém mais esqueceu. Apesar do Senhor Roberto de Amaral Sequeira levar o nome do filho traçado em bom cursivo, salientado com tinta vermelha, bem como a progenitura dos ascendentes que o legal exige, já o

113

escrevente com a velha e conhecida displicência da classe, lançou no livro de assentamentos e copiou na certidão, aquele "do Amaral", acompanhado daquele outro não menos imprevidente "Siqueira". Duas mancadas num só recurso.

Seu Roberto estrepou – inda não havia pago –, recusou aceitar por válida e boa a certidão de registro com letras trocadas. Alvoroçou-se, estribado na cópia que tinha trazido de casa, em ótima caligrafia, realçados nomes e sobrenomes em vermelho e as partículas "de", inconfundível com qualquer "do", e o *é* do "Sequeira" bem aberto, legível e insofismável.

Houve então, por via dos nomes, o primeiro atrito, que continuaria em esbarros e incidentes aborrecidos, pelo tempo adiante. O escrevente não queria compreender a razão do cliente, parecendo a ele que "do Amaral" soava melhor e "Siqueira" era mais corrente, usual e fácil de ser falado.

Seu Roberto, bem arrazoado e sólido, discordou com altivez e autoridade. Citou longo histórico dos Sequeiras hierárquicos, onde havia um bispo, vários cônegos, provedores, brigadeiros e até um Monsenhor Sequeira Barbalho de Lobato, da Mesa do Desembargo do Paço, do tempo do Senhor Dão João VI. Esses os Sequeiras notáveis, ilustres e biográficos de que ele, o pai dele, o avô e o filho que vinha registrar eram peças importantes, e continuadores de alta linhagem.

Já os Siqueiras comuns, que havia por todos os lados e de que ele bem conhecia a linha de progenitura, eram antigos artesãos de uma família minhota de Portugal. Pobres imigrantes, sem fundamento ou gran-

114

deza, que nunca tinham se alçado além de meia-sola e conserto, onde ganhavam a vida, desluzidos e honestos. Estes os Sequeiras e Siqueiras inconfundíveis da cidade de Três Estrelinhas, distinguidos uns dos outros pela projeção social, política e econômica, marcado um grupo pelo *é* e o outro, mais humilde, pelo *i*.

Seu Roberto acalourou-se. Falava alto, de ponto e vírgula. Gente que ia passando parou na porta para conhecer do caso, seduzida pela eloquência. Houve mesmo, na frente do cartório, um começo de aglomeração.

O escrevente perdendo tempo. Partes esperando. O oficial deixou sua mesa. Veio à divisão tomar conhecimento de perto. Aquela alteração e ajuntamento não iam lá muito bem com a rotina pacata e imutável do cartório. Tentou contornar a situação com habilidade convincente e profissional. Seu Roberto endureceu, irredutível. O oficial não teve escapatória. Mandou cancelar o lançamento e grampear as folhas.

O escrevente, mais atento e bem apanhado, fez novo registro, do qual, achado conforme, seu Roberto pediu seis cópias que pagou e levou consigo, sendo seu Roberto homem meticuloso e prevenido.

Em casa, deu-as a guardar a Dona Osmonda, que, por sua vez, era Donda e, muito intimamente, Dondoca, esposa de seu Roberto, nora de seu Robertão e mãe do Robertinho.

O tempo, bom e mau, de sol e de chuva, de frio e de calor, passou e repassou sobre esse e sobre outros casos parecidos e diferentes. O velho mundo deu suas voltas.

Os Siqueiras, trabalhadores e operosos, progrediram na vida e se espalharam por sítios e fazendas, os que tinham fundamento na terra. Os de tendência atávica de latoeiros e soldas, donos de casas de ferragens e oficinas mecânicas. Os que eram dos solados, das pelas, macos e raspas, se fizeram donos de lojas de calçados e selaria.

Seu Robertão morreu primeiro, com uma infecção grave nas suas úlceras varicosas. Seu Roberto também morreu, nem sei bem do que foi. Tinha umas palpitações, tonteiras, pés inchados. Caiu de repente sem dar trabalho, nem pagamento a médico. Morte simples, muito fácil e modesta. Dona Osmonda viveu mais tempo, e quando também se juntou aos ossos do marido e do sogro, já o Robertinho era velho, casado com Dona Eudóxia, que era Dona Docha para facilitar e, às vezes, até mesmo Dochinha.

Tinha filhos formados, morando no Rio de Janeiro e filhas casadas com fazendeiros e juiz municipal.

Ótima e distinta descendência deixou a série dos Roberto de Amaral Sequeira. Gente estudada, metódica, pontual e todos bem alicerçados na vida. Com a morte de Dona Osmonda, seu Robertinho arredondou o pecúlio e aumentou os depósitos a prazo, renovado semestralmente, que mantinha em três agências bancárias da cidade e sua ficha comercial era das mais recomendadas.

Por vias dos muitos e inegáveis predicados, era homem estimado, conceituado, dono de boa casa-grande de morada, e várias muitas de aluguel em boas ruas do centro.

Vivia folgadíssimo, muito dado à leitura de jornais. Era assinante de três. Um governista, um oposicionista

116

e um independente. Lia atentamente a parte editorial, confrontava umas e outras e tirava conclusões judiciosas que lhe permitiam opinar com acerto sobre a política e administração do país, e particularmente do seu Estado e do Município onde vivia e pagava seus impostos dentro dos prazos, jamais incorrendo em multas.

Além de tudo isso era dado à prática da caridade. Fazia parte de várias Conferências Vicentinas, não só de Três Estrelinhas, como de outras cidades vizinhas.

Provedor vitalício da Santa Casa de Misericórdia. Presidente honorário e sócio remido de várias agremiações sociais, piedosas e culturais de Três Estrelinhas. Abria sempre as listas de pedido de auxílio e contribuía generosamente, para todas as instituições, locais e extralocais, fossem elas Católicas Romanas, Kardecistas ou Protestantes.

Sua generosidade abrangia todos os credos, e embora tivesse oratório em casa, não frequentava nenhum culto, ia bem com todos e era procurado sem discrepância.

Num raio de dez cidades, pelo menos, sua liberalidade era mencionada, conhecida e requisitada.

No mais era um homem feliz e bem-humorado. Tinha os seus pontos de vista exclusivos, dos quais não vinha mal a ninguém, nem mesmo a ele. Da turra primordial no Cartório quando foi do registro, ficou um ranço que constituiu sempre o traço dominante de sua vida. Tinha suas coisas... Manias que se acentuaram com os anos, apesar de sua fina cortesia e da clareza com que geria sua vida econômica e financeira.

Aliava sua respeitada popularidade ao grande cabedal que possuía acrescido da herança materna, e do dote da mulher em fazendas, terras e gado e muito dinheiro.

Nascido, criado e jamais apartado daquela cidade, com o tempo e suas benemerências e mais a esquisitice com ponto de partida no do "Sequeira" e no "de" da ligação, tornou-se o homem mais popular, respeitado e benquisto de Três Estrelinhas. Era ele uma fonte luminosa de surpresas inconcebíveis com que todos se divertiam, sem que isso diminuísse o respeito que sabia impor.

Desafiava o ridículo, sem se tornar ridicularizado. Tinha um "quê" de alta distinção e dignidade, que o fazia se manter a cavaleiro da situação criada pelos seus atos, e muito embora fizesse a cidade rir, jamais foi tido como palhaço. Que não escrevessem ou não pronunciassem com ele por perto seu nome errado... O cuidado que havia com esse nome nas listas... mais de uma vez se fechou e recusou dar auxílio. Tampouco aceitava emendas posteriores.

Que Siqueiras havia muitos e não ele. E "do" Amaral ele conhecia uma réstia e das grandes. Chegando nessa altura era inútil querer contornar a situação. Mais prudente era mesmo a pessoa desistir, desculpar e cair fora.

Conhecedor de seus gestos e manias, quem pretendia negócio ou auxílio de sua bolsa tivesse o maior cuidado no escrever e pronunciar o seu nome. A mulher, Dona Docha, se esbaldou no começo do casamento "com aquelas coisas", junto ao hábito de guardar jornais lidos e modificar o que era de seu uso pessoal. O mais que conseguiu foi que seu Robertinho mandasse desmanchar três quartos da casa e desse enorme ampliação ao seu cômodo particular, onde ele reunia coisas disparadas. Ferramentas várias, tinha sua cama e rede armadas, canapés, cabides e bancos no meio da peça uma bem elaborada pirâmide de todos os jornais recebidos, lidos e rigorosamente dobrados, que cada ano emprestavam novo ângulo ao monumento. Ali se refugiava ele quando bem queria. Porta com chave e tramelão passado. Era onde elaborava as surpresas de que a cidade tomava conhecimento e ria gostosamente ante a impassibilidade do autor e inoperância da família.

De uma feita seu Robertinho foi comprar um par de botinas, pedindo o que de melhor houvesse na casa. O balconista, sabendo do freguês comprador e pagador, desceu artigo fino legítimo, pelica, elástico, preto e marrom.

Seu Robertinho examinou, experimentou. Pediu que se abrissem pelo chão alguns jornais onde ele caminhou longamente, ora calçando um par, ora outro e, finalmente, pé de um, pé de outro. Decidiu. Comprava os dois pares, com o trato e condição de que a loja mandasse soltar os solados, trocando-os de um para outro par. Ele pagaria os dois, e só ficaria com um, pagando o serviço das trocas. A proposta foi aceita e seu Robertinho pagou de pronto.

No dia seguinte recebeu o calçado e deu boa gorjeta ao portador. Com a caixa do calçado entra no quarto. Fecha-se por dentro como de costume e vai trabalhar.

Dali ninguém o tira. Só sairá pela sua mesma e caprichosa vontade e quando bem entender. As próprias refeições para que o chamam, responde de dentro – que lhe façam o prato e não esperem por ele.

Logo depois apareceu com as botinas nos pés. Tinha-lhes cortado os canos e passado pelo corte como arremate uns alinhavos de linha grossa de tear. Saiu, deu suas voltas, conversou com os amigos, tomou parte nas rodas costumeiras, emitiu conceitos esclarecidos sobre política e administração pública.

Não ficou na primeira modificação o caso das botinas. No dia seguinte tinha mais um rombo de um lado, devido a um calo. Fez ali uma fura direitinha, bem circular, realçada pelos alinhavos brancos. No terceiro dia, levou a botina na porta da rua e vendeu por Cr$ 2.000.

Seu Robertinho, alegre, sorridente, tranquilo e alheio à repercussão galhofeira de seus feitos.

De outra, foi o caso do sobretudo. Três Estrelinhas é cidade de clima frio. Cidade de altitude e névoa seca, gelada em certos meses do ano. Um filho que veio visitar trouxe do Rio para ele um sobretudo preto, de lã finíssima, forrado de seda com bonita gola e punhos de veludo, conforme o uso de então.

Seu Robertinho maravilhou-se. Vestiu, sentiu-se muito bem. Louvou e exaltou o presente do filho. Nunca tivera sobretudo melhor e inteiramente do seu agrado.

Levou para o quarto, fechou a porta. Correu a chave e o tramelão. Quando apareceu mais tarde, envergava o dito bem modificado. Da barra tinha cortado um bom palmo. A gola e os punhos de veludo tinham sido retirados, substituídos os debruns por largos alinhavos brancos, e ele todo contente, inteiramente à vontade, afirmando que o sobretudo estava inteiramente de seu agrado e que os enfeites de veludo ficariam melhor nos vestidos de Dochinha.

Assim vestido, andava pela cidade, entrava nos bares e alegremente contava piadas, citava nomes e fatos com sua memória prodigiosa. Se alguém arriscava palavra sobre a modificação da roupa, ele respondia com tranquila seriedade, desmontando o intrometido.

Muito amigo de sua cidade, anotava todos os que ali chegavam, com ideia de permanência. Visitava sem demora e oferecia seus préstimos com vontade realmente de ser útil. Um dia aborreceu Dona Docha com uma das suas. Levantou-se altaneiro da mesa de café. Sentou-se na cadeira de balanço e cantarolou: "De ti já me esqueci. Não quero mais te amar..."

A mulher saltou:

– Também, na sua idade e com suas manias, ninguém quer o senhor, não.

– Aí é que a senhora se engana, Dona Mariana Eudóxia de Amaral Sequeira. Quando vou pelas ruas, são olhares e sorrisos para este seu criado e admirador, e de muitas sei que só esperam a senhora fechar os olhos para disputar este varão ilustre – e bateu no peito.

Dona Docha levantou assomada e lançou objurgatórias tremendas. E ele:

– Modere-se, Dona Dochinha não se desespere. Bem sabe que, pela convivência de termos leitos separados, enquanto a senhora viva for, eu, Roberto de Amaral Sequeira, lhe serei fiel. Pelos manes de meu pai e avô, não lhe serei perjuro.

Três Estrelinhas sempre foi cidade tradicional de velhos troncos fundadores, crescidos em galhos frondosos e multiplicada descendência. A cidade tem a crônica viva do passado e a luta dos seus fundadores é sempre repetida e exaltada pela gente mais antiga que viu crescer o lugar e cresceu com ele. Cidade de passado nobre, de que os filhos se orgulham num bairrismo alto e muito digno.

Tinha chegado ali, e alugado casa para permanência definitiva, um agente categorizado de Companhia de Seguros de Vida e mais seguros, casado, já com dois filhos e do mesmo Estado. Vinha morar na cidade e trabalhar na zona que era acessível e próspera, principalmente mais fácil para quem tentasse radicação.

Agentes viajantes, vai-lá-vem-cá, demorando pouco, hospedados em hotéis, afobados, valorizando o tempo, querendo fazer seguros de afogadilho esses nada realizavam ali. Só encontravam evasivas delicadas ou promessas vagas, resistências.

No fim estragavam a praça. Não atinavam com psicologia da gente do lugar, mansa, confiante mas cautelosa, só conquistada por medidas diferentes que escapavam à percepção dos agentes apressados.

Sendo a cidade e adjacências de população positiva, desde que bem trabalhada de acordo com suas virtudes específicas, a matriz da "Capitalização" mandou que se instalasse ali um agente, filho do Estado e casado com mulher conterrânea.

Foi assim que chegou a Três Estrelinhas e parou na frente de uma casa alugada na Rua da Baixa um caminhão de transporte, carregado até o alto e coberto com encerado. A família lá estava na casa, recebendo a mudança em instalação definitiva.

Não tardou a serem visitados e presenteados no bom uso da terra. Bandejas de doces, pratos de biscoitos e quartos de leitão assado. Vinham morar em Três

Estrelinhas, era gente da casa. A cerimônia foi removida e o convívio social e amistoso se estabeleceu depressa.

Constava até mesmo que tinham uns parentes na cidade, que, com o tempo, tencionavam procurar. Ia tudo muito bem; trocas de visitas e convites insistentes para fins diversos.

Enquanto a mulher se desdobrava em retribuições de gentilezas e mimos, o agente, seu Gumercindo, se preocupava com a sede da Agência, em ponto central e boa instalação. Entrosava-se cordialmente com os elementos mais representativos do lugar e ia se impondo na confiança de todos. Isso, enquanto esperava a chegada do Inspetor-Geral, para melhor orientar e dinamizar o plano de trabalho que tinha em vista desenvolver na vasta zona urbana, suburbana e rural. Dia marcado ele chegou e tomou aposentos, reservados no melhor hotel da cidade.

Seu Gumercindo, Gumercindo Ribamar, não demorou a fazer a visita de praxe. Jantou mesmo com ele e lhe fez um resumo do trabalho iniciado. Listas de pessoas a quem devia procurar, um bem elaborado programa de visitas às fazendas e moradores distantes, junto ao fichário dos prováveis futuros segurados. Culminado todo o plano com a inauguração festiva da Agência na parte central e ativa da cidade, com as bênçãos do vigário, convidados de honra e taças de champanha. Não havia ainda nenhum seguro feito e o interesse da Capitalização Cristã era ali certo e de vulto. No final convidou o inspetor – ótimo inspetor –, um pai, seu Beviláqua, a aparecer no dia seguinte na casa, tomar lanche, conhecer a patroa, os filhos, estreitar relações pessoais.

123

Chovia fino quando se despediu. Chuva miudinha, molhadeira e fria. Chuva pneumonia e resfriados a quem não se resguardasse ou fosse acostumado com o clima. Seu Gumercindo estava desabrigado.

O inspetor, amável, obsequioso, ofereceu seu guarda-chuva – um bom e inseparável guarda-chuva, de alpaca de seda preta, à prova de água e de fogo, vindo de Londres, com seu cabo de unicórnio, castão volteado, de ouro, havido por herança paterna e passado respeitosamente de pai a filho, invulnerável às traças e baratas. Enfim, um legítimo e muito honrado guarda-chuva de estimação. Ante a relutância cerimoniosa do agente, seu Beviláqua insistiu. Afirmou que não tencionava sair, e que no dia seguinte o receberia de volta.

Em casa, seu Gumercindo avisou a mulher da visita e do lanche a ser oferecido. Fez recomendações especiais sobre pratos de bolinhos, pão de ló e torradas, chocolate, chá e salgadinhos ao gosto da terra. Que não olhasse despesa. Se esmerasse. Era a primeira vez que o inspetor vinha à sua casa e desejava dar a ele boa impressão de seu trato e da sua família.

A mulher, Dona Milinha, se desdobrou em atividades e antes mesmo da hora, estava a mesa arrumada, tudo em ordem e ela, graciosa e gentil, para bem receber, aguardando o visitante.

Não tardou, a campainha se fez ouvir. A empregada abriu a porta e Dona Milinha recebeu amavelmente. Fez entrar e sentar o visitante, lastimando que o marido ainda não tivesse chegado. Tratou a visita com o máximo apreço, e esta, retribuindo com fina cortesia, contando casos, louvando a terra e os filhos do casal.

124

Como o lanche estava pronto e a mesa preparada, convidou o hóspede a tomar lugar e serviu com delicadeza o que havia, lastimando sempre a demora do marido, que tanto gostaria de se achar presente, retido em qualquer parte com algum imprevisto. Na despedida, Sra. Gumercindo pediu licença para entregar o guarda-chuva que o marido tinha trazido na noite anterior.

O visitante recebeu, agradeceu e prometeu voltar. Despediu-se e saiu com o guarda-chuva debaixo do braço. Meia hora depois chega seu Gumercindo, acompanhado de um senhor que apresenta à mulher:

– Milinha, nosso amigo inspetor.

– Minha senhora!

Dona Milinha teve um ameaço de síncope... Empalideceu. Sentiu o plexo contraído, enrolou a língua. Mas... o outro que esteve antes, que tomou o lanche... que saiu, não era o inspetor... Ela o tinha tomado pelo inspetor e tinha oferecido o lanche... Inda estavam na mesa as xícaras sujas, e restos de torrada e pingos de chocolate na toalha...

Sua confissão tinha de scr explicada... tinha de contar... precisava falar... Contou que pouco antes acabara de receber a visita de um senhor distinto, que tomara pelo inspetor e assim o tratara e até mesmo tinha oferecido o lanche.

Houve um ligeiro desapontamento, um certo mal-estar, disfarçados pelos dois homens, que no íntimo acharam o incidente desagradável e de mau gosto.

A mulher desapareceu da sala para se recompor do choque e cuidar de outro lanche. Felizmente, ainda havia salgadinhos e torradas e boa sobra de chocolate.

Menor foi o trabalho de recompor a mesa. Embora substituísse o desapontamento do sucedido, ninguém mais falou na visita anterior, nem se fez nenhuma alusão ao engano.

Falaram de coisas diferentes e dos planos de trabalho em conjunto. Na saída, o marido lembrou à mulher:

– Milinha, vai lá dentro e traz o guarda-chuva do Sr. Beviláqua.

Era demais. Dona Milinha caiu no pranto.

– Mas, Gumercindo, o guarda-chuva eu já entreguei para aquele senhor que esteve aqui, e ele levou...

Aí, foi o inspetor que empalideceu e sentiu agonia na boca do estômago. O seu guarda-chuva histórico, vindo de Londres, herança paterna, cabo de unicórnio, castão de ouro...

Seu Gumercindo suava, perturbado.

E esta... quem será esse senhor que aparece, faz visita, toma lanche como se esperado fosse e ainda recebe e aceita como seu um guarda-chuva que lhe é entregue por engano?... Desculpou-se, atrapalhado, que ia ver... sair imediatamente, procurar descobrir a pessoa e trazer de volta o guarda-chuva.

Seu Beviláqua estava desfeito e só achava de dizer numa voz sumida e angustiada:

– Lembre-se o amigo que é de estimação, capa à prova de água e de fogo... Alpaca de seda encerada com processos de amianto, impermeabilidade... único no Brasil... herança paterna...

Enquanto o inspetor voltava abatido e apreensivo para o hotel, seu Gumercindo passou a indagar jeitosamente quem poderia assim, assado, nestas e tais condições, ter estado de visita em sua casa e ali rece-

126

bido por engano um guarda-chuva e tão naturalmente como se fosse mesmo dele.

Não tardou que lhe matassem a charada. Não tem mais que procurar, amigo! Isso só pode ser armada do seu Robertinho. Logo lhe ministraram sobre coisas e usos de seu Robertinho e lhe ensinaram a casa. Que procurasse Dona Docha, que falasse com Dona Docha... que só Dona Docha daria jeito no caso. Na casa de seu Robertinho foi recebido com distinção.

Expôs o acontecido a Dona Docha com desculpa de trabalho que lhe estava dando. Não fosse ser o guarda-chuva do seu Beviláqua nem vinha ali por isso... Dona Dochinha ouviu o caso resignada.

Tantas tinha já ouvido que nem se impressionou. Disse tranquilamente que seu Roberto era assim mesmo. Que tinha chegado da rua com um guarda-chuva que lhe parecera muito bom, até pensou que tivesse comprado, que ele tinha se trancado no quarto, chave e tramelão passados e que dali ninguém o tirava. Sairia quando bem entendesse, era o costume. Nenhuma culpa tinha no caso, não respondia pelo guarda-chuva mas estava pronta a pagar outro que fosse entregue ao inspetor; o melhor que houvesse nas lojas.

Seu Gumercindo esclareceu o grande histórico do guarda-chuva insubstituível e de reverente estimação. Pedia mesmo que ela tentasse um último apelo ao seu Robertinho, ainda em tempo de salvar o guarda-chuva. Ela atendeu, bateu na porta, chamou. Veio de dentro a resposta pachorrenta:

– Não posso, estou ocupado.

Pouco depois era o jantar. Dona Docha aproveitou para nova investida:

– É o jantar, Robertinho, está na mesa... carne de porco, linguiça frita com farofa, viradinho de feijão, couve rasgadinha do seu gosto... abre, meu velho... abre.

– Não posso, Dochinha; estou ocupado. Faça o prato por favor, Dona Maria Eudóxia.

– Vê o senhor que é inútil, só mesmo quando ele quiser. – Seu Gumercindo pediu permissão para ficar ali esperando. Depois de duas horas se ouviu um sinal: era o tramelão girando e a lingueta da fechadura correndo. A porta se abriu largamente e apareceu seu Robertinho muito satisfeito, muito aprazível, com um guarda-chuva branco, aberto, pronto para sair.

Dentro do quarto, trancado, tinha cortado e despregado a alpaca preta à prova d'água e de fogo, recortado o lençol da cama e costurado na armação.

Mais tarde, com bom jeito, Dona Docha tomou o guarda-chuva, que foi entregue ao inspetor. Este, inteirado do ocorrido, se resignou de haver de novo a armação, com seu cabo de unicórnio e castão de ouro, sem maiores danos.

No dia seguinte seu Beviláqua pediu por telegrama a presença de um substituto a quem entregou a inspetoria daquela zona e nunca mais voltou à cidade de Três Estrelinhas.

O tempo passou e repassou sobre mais esse número de seu Robertinho. Muitas outras coisas engraçadas ou ridículas praticou ele, sempre correto, alinhado, distinto e cuidando com acerto dos seus teres e haveres aumentados. O agente seu Gumercindo fez muitos seguros na zona toda e a Companhia de Seguros Capitalização Cristã se achava plenamente satisfeita e interessada na continuação do trabalho bem-sucedido e de ótimo rendimento.

Não faltou quem aconselhasse seu Gumercindo a procurar seu Robertinho e convencê-lo a fazer um seguro de vida. O caso do guarda-chuva estava já esquecido. Seu Beviláqua muito longe e seu Robertinho ainda dentro da idade-limite. Podia ser segurado.

Seu Gumercindo deu em cima com parte de retribuir a visita. Não houve dificuldade. Seu Robertinho aceitou a sugestão e otimista, alegre, exibiu o atestado da junta médica, que comprovava sua rigidez física e a perfeita integridade de suas vísceras. Prontificou-se a fazer quatro seguros de uma vez, pagando prontamente despesas e anuidades. Um seguro de dez mil contos em favor de Dona Mariana Eudóxia de Amaral Sequeira e mais três de quinze mil contos a cada filho.

Seu Gumercindo exultou. Foi o maior seguro do Estado e a sua fotografia de agente andava até nos jornais.

As apólices extraídas e pagas foram entregues a Dona Docha numa hora atrasada, em que o segurado não se encontrava em casa.

Seu Robertinho sempre foi um homem de surpresas. Trinta dias depois de realizados os seguros, um edema pulmonar, clinicamente imprevisível, levou em poucas horas seu Robertinho. Não havia decorrido tempo maior da extração das apólices, a companhia teve de desembolsar em favor dos herdeiros do Sr. Roberto de Amaral Sequeira a substancial quantia de vinte e cinco mil contos de réis.

Foi mesmo o maior seguro que a Companhia de Capitalização Cristã pagou na cidade de Três Estrelinhas.

Foi também a última surpresa do seu Robertinho.

129

Ideal de Moça

Sua Mãe tinha sido muito pobrezinha – cozinheira – veterana da cozinha do Dr. Pacheco. Fogão e tacho, toda sorte de comida, toda espécie de doces, jantares e almoço e aniversários e comidas "foradoras" e hóspedes. A roda viva da cozinha. Nada de ajantarados, como hoje, e cozinheiras na folga. Essas coisas só vieram, muito mais tarde, quando Sá Riqueta já tinha morrido. Tudo ela fazia pela sua filha Totinha, que já estava na escola. Aí, quando ficou doente, ruim mesmo, pediu à comadre, mulher do Dr. Pacheco, madrinha da menina, que tomasse conta da afilhada e não a tirasse da escola.

Sá Riqueta teve seu enterro de pobre; gente pobre acompanhando; sepultura rasa no cemitério. Mas a madrinha foi boa e passou a menina para o Colégio e ali conseguiu anos e mais anos.

Moça já, voltou com sua pouca sabedoria para casa dos padrinhos. Foi aprender serviço de casa, à espera do casamento. Tinha seu fiozinho de voz bem aproveitado pelo colégio. Aprendeu um pouco de música e os cânticos da Capela. Fazia parte do coro. Deixando o colégio, passou a cantar no coro na Igreja,

131

sempre pronta, quieta, modesta Filha de Maria, com seu vestido branco, sua fita azul, seu livro e seu terço branco. Efetiva no coro, na mesa da comunhão. Nenhuma saliência de sua pessoa – os anos de colégio deram-lhe um jeito de noviça, com seu vestido largo, suas mangas compridas.

Veio o casamento, um dia um olhou para ela: precisava de uma mulher. Falou com o padrinho. Esse perguntou se ela queria casar. Ela disse que sim, sem saber, sem conhecer quase o homem. Aquela vida presa, sujeita... Teria sua casa, pensou, o marido... Seria mulher casada. E casou.

Teve filhos e sem mais nem menos o marido a deixou. Trabalhou, pelejou, lavou roupa; limpava tripa, barrigada no rio. Ia vivendo, desejando fazer, como fez a Mãe, dar leitura aos filhos. Sempre humilde, pequenina, ocupando pouco lugar na vida da cidadezinha. Já não estava no coro. Só moças ali. Nunca pediu nada. Nunca reclamou. Só aquele desejo brando, constante, de que os filhos tivessem leitura e aquela sombra do rio para casa, da casa para o rio, com sua bacia de roupa na porta da casa. O ferro de brasa, passando a roupa lavada.

Passava sempre, pela sua casa, cumprimentava, parava, puxava conversa. Conversinha curta, que ela fazia sem largar o ferro. Um dia entrei. Sentei. E quis conhecer aquele espírito fechado, naquela aparência igual, conformada todos os dias. Não haveria ali uma aspiração, um plano, um desejo, um estímulo, uma queixa, uma esperança?

Dei tempo e dei linha.

Um dia, conversa vai, conversa vem, perguntei:

132

– A senhora é bem feliz da vida, tão conformada, trabalhando sempre. Tem suas filhas já na escola e vai realizando seus desejos...

Ela suspendeu o ferro.

– Eu só tive um desejo na vida, que nunca foi realizado.

– Qual foi Totinha? Me conte esse segredo.

– Eu conto, mas a senhora não vai rir de mim.

– Não, de jeito nenhum.

– Meu maior desejo foi quando eu era moça nova, Filha de Maria, e cantava no coro da Igreja. A senhora não queria saber que vontade eu tinha de ter um desmaio na Igreja e descer do coro carregada pelos colegas... A coisa que eu achei mais bonita foi um dia que uma das moças teve vertigem e desceu carregada de lá...

– Mas você podia inventar – disse eu.

– Não, eu não tinha coragem de mentir. Eu queria era ter um desmaio de verdade...

Quem Foi Ela?

Morta... Morta parece ainda maior do que viva.

Morta parece ainda mais sábia do que o foi em vida porque penetrou no grande e solene sentido da morte.

Toda a sabedoria da vida que constituiu seu maior cabedal ao longo dos anos aliou-se agora ao profundo e insondável da morte.

A lâmpada sobre o alqueire...

A lâmpada jaz apagada e fria. Não mais clareia com a luz velada da sua palavra acertada, sensata, discreta e mansa, tantas dúvidas, incertezas e conflitos que procuravam com ela um remédio, uma orientação.

Emudeceram os lábios, a mente e aquela crença forte que buscavam de forma constante e comovedora, a fonte viva da oração e da prece. Descansou para sempre a mulher sábia que viveu longa vida de pobreza e obscuridade e doença, alicerçada nas mais lídimas virtudes que era o foro nobre e inquebrantável do seu espírito.

Morta a grande pobre sábia... Sábia de uma grande vivência que a caracterizava, refugiada na humildade de sua vida pobre e fecunda. A sua pobreza material nunca foi a pobreza estéril que reduz e aniquila.

A sua era a pobreza generosa, operosa e diligente e construtora. Pobre, ela ainda se repartia com outros mais carecedores, vencidos e desatenhados pelas dificuldades da vida.

Sua pobreza não se traduzia em queixas e lamentos, era antes uma fonte de água viva que ela pela magia de Fé transformava em dádivas e auxílios que suas mãos generosas e abertas passavam para tantas mãos envelhecidas, estendidas, e suplicantes.

Morta a mulher pobre e sábia que foi na sua vida doente e obscura: "Lâmpada sobre o alqueire".

Quem foi ela?

É aquela que fez a sua casa na rocha. Vieram os ventos e as tempestades e a sua casa não caiu porque foi edificada na rocha e ela guardou a palavra do Senhor, e andou os seus caminhos.

– Quem foi ela?

Toda a cidade a conhece sem precisar do seu nome.

Sua porta da rua e sua porta do meio se abrem de manhã e ficam de pedra encostada até a noite, quando chega o sono.

Ela e a velha companheira.

Não tem medo do ladrão com sua ladroíce, nem do malfeitor com sua maldade, nem do louco com seus desatinos.

Não receia o atrevido com sua insolência, nem o bêbado com seu desvario. Sabe que nenhum mau entrará pela sua porta aberta porque não pensa na maldade. Nenhuma outra casa da cidade é mais pobre e nenhuma é mais procurada. Gente grande, gente pequena, da cidade e das roças. Gente recursada e gente pobrezinha, procurando ali suas migalhas. Gente que saiu de Goiás e que passou a vida inteira noutras terras e que volta um dia, a rever parentes, matar saudades. Um rosário todo de recordações, de novas e velhas amizades e bem-querer.

Fonte segura de informações das velhas coisas, pessoas e costumes da cidade, que vão se desgastando com a passagem do tempo.

Humildade sem se sentir humilhada, recebe a dádiva sem se achar indigente.

Todos os comentários, críticas e malícias esbarram na sua indiscutível discrição e prudência.

Tem o dom da humildade e repõe tudo em Deus.

Meio século de cuidado com a lâmpada perene da Boa Morte... e o prêmio que lhe veio de Roma, a insígnia de Leão XII – *Pro Eclesia et Pontifice* – que ela recebeu discreta e pequenina, em missa festiva.

Trazer acesa a lâmpada de uma igreja durante cinquenta anos! Nem renda, nem subsídio para o gasto obscuro e constante. Através da lâmpada acesa, quem vê o azeite que se queima, os fósforos que se negam e as velinhas consumidas? Deus provê.

Índice

Uma Voz que Ficou 5

Contas de Dividir e Trinta e Seis Bolos 13

A Menina, as Formigas e o Boi 37

O Tesouro da Casa Velha 41

Das Coisas Bem Guardadas e suas Consequências ... 51

O Capitão-mor 57

As Capas do Diabo 61

As Almofadas de Dona Lu 71

Zé Sidrach e Dico Foggia 75

Candoca 79

Medo 83

As Cocadas 85

Última Impressão 87

O Corpo de Delito 89

Minha Irmã 95

O Boi Balão 105

Sequeira *versus* Siqueira 113

Ideal de Moça 131

Quem Foi Ela? 135